ULRIKE von STRYK

THE YEAR
2525
ZURÜCK AUS DER ZUKUNFT

novum ◢ pro

www.novumverlag.com

Bibliografische Information
der Deutschen Nationalbibliothek:

Die Deutsche Nationalbibliothek
verzeichnet diese Publikation in
der Deutschen Nationalbibliografie.
Detaillierte bibliografische Daten
sind im Internet über
http://www.d-nb.de abrufbar.

Gedruckt in der Europäischen Union
auf umweltfreundlichem, chlor- und
säurefrei gebleichtem Papier.

© 2023 novum Verlag

ISBN 978-3-99146-312-2
Lektorat: Melanie Gunz
Umschlagfotos: Sabina Pensek,
Ruslan Gilmanshin,
Morbilli I Dreamstime.com
Umschlaggestaltung, Layout & Satz:
novum Verlag
Autorenfoto: Wolfgang von Stryk

www.novumverlag.com

Climate neutral
Print product
ClimatePartner.com/16547-2201-1002

Inhaltsverzeichnis

Sonnenaufgang

„HILFE, ich ersticke!" Adria schnappte nach Luft. Mühsam versuchte sie, die Augen zu öffnen. Ihr Atem ging stoßweise. „Mist, schon wieder zu wenig Sauerstoff", dachte sie benommen und versuchte, gleichmäßig zu atmen. Nach einer Weile hatten sich ihr Herzschlag und ihre Gedanken etwas beruhigt: „Erst sechs Uhr!"

Vorsichtig schob sie ihre Füße aus der Thermodecke und öffnete die Ausstiegsluke ihrer Schlafkoje, dann legte sie den Hebel für Raumluft um und stand auf. Im Zimmer war es kalt, aber wenigstens konnte man in Ruhe atmen.

Adria zog ihren Overall an und schlich sich leise aus dem Zimmer. Hoffentlich würde sie keiner hören. Ihr Vater wurde immer sehr böse, wenn er sie morgens schon vor dem Frühstück beim Herumgeistern erwischte.

„Verschwendung von Atemluft" würde auf dem Strafzettel stehen, den XZ so gerne bei jeder Kleinigkeit verteilte. „Egal", dachte sie trotzig. „Ich lasse mich doch nicht in einem Sarg einsperren!" Vorsichtig öffnete sie den Durchgang zum Wohnzimmer und blinzelte mit den Augen gegen das Licht. Draußen war es schon hell. Gleich würde die Sonne aufgehen.

Adria liebte diese halbe Stunde des Tages ganz besonders. In aller Ruhe konnte sie die Sonne beobachten, die den Rest des Tages hinter dicken Luftschleiern verborgen sein würde. Sie stützte ihre Ellbogen auf die Fensterbank und blickte auf die rote Scheibe, die sich hinter den kahlen Hügeln hervorschob. Sie nahm das gewohnte Bild in sich auf: rechts und links sah sie nichts als die endlose Fensterfront ihrer Life-City DELTA. Wenn sie sich sehr streckte, konnte sie auch noch den Radarmast von City ALPHA sehen. Ihr gegenüber ragten die blanken Felsen des Mittelgebirges auf. Jetzt im rötlichen Morgenlicht leuchteten sie wie Rosenquarze, die sie im Museum gesehen hatte. In ein paar Minuten allerdings war der ganze Zauber verflogen. Dicke graugelbe Wolken schoben sich vor die Sonne und hüllten die Berge in einen Dunstschleier ein.

„Hier bist du! Das hab ich mir schon gedacht." Adrias Bruder Kim trat hinter sie. Er war ein Kopf größer als sie und ein Jahr älter. Sein dickes braunes Haar fiel in einer Tolle auf seine Stirn und kräuselte sich im Nacken. Seine braunen Augen konnten sowohl nachdenklich als auch amüsiert blicken. Im Augenblick taten sie Letzteres und belustigt fragte er: „Was gibt es da draußen denn schon wieder zu sehen?" „Nur die Sonne, wie immer. Jetzt ist sie wieder verschwunden. Du bist zu spät – wie meistens." Adrias graue Augen sahen ihn spöttisch an. „So interessant ist der Sonnenaufgang nun auch wieder nicht." Kim blickte Adria erwartungsvoll an. Er wusste, was jetzt kommen würde.

Und schon geschah es. Adrias Augen sprühten Blitze, als sie sich mit in die Seite gestützten Händen zu ihm umdrehte: „So, der Sonnenaufgang ist also nichts Interessantes! Weißt du nicht, dass es das einzige Natürliche ist, das wir hier noch erleben dürfen? Und wie lange können wir das sehen? Wenn wir Glück haben, vielleicht gerade mal eine halbe Stunde. Und was haben wir sonst? Rationierte Luft, zugeteiltes künstliches Wasser und viel, viel Technik! Wenn du mich fragst, leben wir im Gefängnis. Bist du schon jemals aus Delta-City herausgekommen? Hast du irgendwann mal eine Pflanze oder ein Tier gesehen? Ich nicht, und du auch nicht!"

Kim hatte keine Lust mehr, wie sonst weiter zu streiten. „Du hast ja Recht! Ich finde das alles doch auch schrecklich. Aber was sollen wir machen? So ist nun mal das Leben. Machen wir das Beste draus!"

„Typisch Junge! Ich WILL mich nicht damit abfinden! Hast du gehört? ICH WILL NICHT. Ich will hier raus! So kann es doch nicht mein ganzes Leben weitergehen! Immer nur eingesperrt in einem riesigen Wohnkomplex mit fünfzigtausend Menschen, eingepfercht in kleinen Wohnzellen! Kein Lärmen, kein Lachen, kein Übermütigsein, immer nur Rücksicht und Sparen, Gesetze und Vorschriften, JEDE MENGE VORSCHRIFTEN! Hast du nicht manchmal auch den Wunsch, frei zu sein? Einfach das zu machen, was dir gerade in den Sinn kommt?"

Kim blickte sie überrascht an. „Ich wusste gar nicht, dass du so denkst, dass es dir so ernst ist. Manchmal fühle ich ja dasselbe, aber es gibt doch keine Möglichkeit, das alles zu ändern, oder?" Irgendwie klang seine Stimme hoffnungsvoll, jedoch hatte Adria natürlich auch keine Chance, dieses Leben zu ändern. Deshalb blickten beide nachdenklich und etwas traurig zum Fenster hinaus, wo gerade die Nebelschleier die letzten Umrisse der Berge verhüllten.

Fräulein Magnolia vom Pech verfolgt

„Was treibt ihr hier? Noch nicht einmal für die Schule angezogen! Habt ihr schon die chemische Dusche benutzt? Nein? Euer Pech, Vater ist gerade drin. Seht zu, dass ihr fertig werdet, die Schule fängt gleich an!" Die Stimme der Mutter klang leicht überreizt.

„Ja, ja, wir gehen ja schon. Nur keine Aufregung. Die Schule kann schließlich nicht weglaufen!" Adria lief grollend in ihr Zimmer.

„Sie hat wieder ihre fünf Minuten", konnte sich Kim nicht verkneifen, bevor er selbst ging, um seine Sachen zu richten.

Seufzend ließ sich die Mutter auf ein Sitzkissen fallen. Was war nur mit ihren Kindern los? Besonders Adria machte ihr in letzter Zeit immer mehr Sorgen. Ihr Verhalten entsprach so gar nicht dem einer Zwölfjährigen. Andere Kinder in dem Alter tobten im Recreation-Center herum, schwärmten für neue Kleider oder erlebten die erste Liebe. Adria aber las lieber Bücher oder schaute sich Bilder aus der antiken Videothek an. Und dann war sie oft tagelang sehr traurig. Naja, vielleicht sorgte sie sich nur unnötig, und das waren nur Pubertätsprobleme. Jetzt war es erst einmal wichtiger, sich den morgendlichen Haushaltspflichten zu widmen.

Mit Hilfe des Ruf-Boys holte sie ihre Haushaltshilfe Fräulein Magnolia herbei. Ihren Namen verdankte sie einem wunderschönen Frühlingsbaum aus alter Zeit. Leider hielt er nicht, was er versprach. Fräulein Magnolia hatte zwar eine gute Figur, aber sie hatte die Angewohnheit, beim Laufen so mit den Füßen zu schlurfen, als ob sie steinalt wäre und gleich unter einer schweren Last zusammenbrechen würde. Nur wenn sie sich auf einer ihrer heißgeliebten Poprob-Shows befand, schien sie etwas aufzuleben.

Ihre Haare hatte sie schon so oft gefärbt, dass sie jetzt von einem stumpfen Grau waren und strähnig herunterhingen.

Das Schlimmste aber war ihr Gesichtsausdruck: mürrisch herunterhängende Mundwinkel und glanzlos zusammengekniffene Augen ließen sie wie die Trübsinnigkeit persönlich aussehen. Falls sie überhaupt lachen konnte, hätte sie vielleicht ganz hübsch ausgesehen, aber niemand hatte sie jemals auch nur lächeln gesehen.

„Sie wünschen?" Auch die Stimme Fräulein Magnolias klang, als wäre ihr jedes Wort zu mühsam.

„,Guten Morgen' könnten Sie wenigstens sagen. Reinigen Sie jetzt bitte die Entsorgungskanäle. Es riecht äußerst unangenehm."

„Sind keine Bakterien mehr da."

„Dann holen Sie eben welche!" Der Stimme der Mutter hörte man an, dass sie sich nur mühsam beherrschte.

Fräulein Magnolia ließ sich davon aber nicht beeindrucken. „Geht nicht!"

„Würden Sie mir das bitte etwas deutlicher erklären?!" Mutters Stimme klang schon schärfer.

„Drei Tage Hausarrest", brummelte die Hausangestellte.

„Was haben Sie denn schon wieder angestellt? Etwa wieder ein Umweltvergehen? Sind Sie womöglich von XZ erwischt worden?"

Fräulein Magnolia nickte mürrisch.

„Und?" Mutter klopfte nervös auf den Tisch.

„Falscher Container."

Jetzt verlor die Mutter die Beherrschung. „Langsam reicht es mir mit Ihnen! Sie machen uns in letzter Zeit nur Ärger. Die Umweltbehörde beobachtet uns wegen meines Bruders Daniel sowieso schon besonders aufmerksam. Wie sollen wir erklären, dass wir keinen Einfluss auf Ihre Faulheit haben? Sie werden für die nächste Woche keine Vergnügungschips erhalten! Vielleicht gibt Ihnen das etwas zu denken! Schließlich werden Sie für Ihre Zeit bezahlt, also sollte es Ihnen egal sein, ob Sie einen Umweg zum richtigen Container machen müssen."

„Keine Vergnügungschips?" Fräulein Magnolias Stimme lebte etwas auf. „Aber dann kann ich am Sonntag nicht zur großen Poprob-Show mit Amor Amaretto gehen! Das ist das größte Ereignis des Jahres! Da MUSS ich hin!"

„Das hätten Sie sich vorher überlegen sollen. Jetzt rufen Sie bitte 213 an und lassen Sie sich die Bakterien schicken, damit wir endlich diesen Geruch loswerden."

Die Mutter wandte sich um, und Fräulein Magnolia sah ein, dass jede weitere Diskussion zwecklos war. Noch schwerfälliger als sonst schlurfte sie aus dem Raum.

Gerade wollte sich Mutter niederlassen, als Adria und Kim hereingestürmt kamen. „Wir müssen los, Mutter. Auf dem Rückweg wollen wir noch ins Recreation-Center, da gibt es eine Frischluftsession."

„Das wird euch guttun, etwas Bewegung in frischer Luft war schon immer gesund. Also, dann bis heute Abend. Gute Gesundheit, meine Lieben!"

„Bis dann, Mutter." Die Kinder rannten lärmend raus.

„Sind sie weg?" Der Vater, schon in Schutzanzug und mit der Gasmaske in der Hand wollte sich noch von seiner Frau verabschieden. „Wenn sie nur nicht immer so einen Lärm machen würden. XZ haben wir in letzter Zeit viel zu oft gesehen."

„Wahrscheinlich wirst du schon heute wieder das Vergnügen haben. Fräulein Magnolia hat wieder den falschen Container benutzt und dafür drei Tage Hausarrest erhalten."

Bevor der Vater antworten konnte, schob sich Fräulein Magnolia ins Zimmer. Mühsam versuchte sie, die Tränen zurückzuhalten: „Ich ... ich ... also ... die Bakterien waren zu stark. Die ganze Schüssel ist zerfressen." Mit gesenktem Kopf wartete sie auf das Donnerwetter, das unweigerlich auf sie zukommen würde.

Einen Augenblick war der Vater sprachlos, aber dann ging ein Worthagel auf das arme Fräulein Magnolia herunter, wie sie es noch nie erlebt hatte. Sie sank immer mehr in sich zusammen, als versuche sie, sich unsichtbar zu machen.

Endlich ging dem Vater die Luft aus. „Gehen Sie auf Ihr Zimmer, bevor ich mich vergesse!" Und während Fräulein Magnolia hinausschlich, ließ er sich seufzend auf ein Sitzkissen fallen. „Puh. Ist mir heiß!"

„Kein Wunder!" Die Mutter deutete auf den Strahlenschutzanzug, den der Vater trug. „Du hast schon deinen Arbeitsanzug an. Ich glaube, du musst jetzt los. Wie du weißt, können sie die Außenschleusen nur einmal am Tag aufmachen, und wenn du nicht rechtzeitig da bist, dann gehen sie ohne dich. Am Ende verlierst du dann auch noch deine Arbeit, und wir haben noch ein Problem mehr. Ich glaube, wir haben heute Abend einiges zu besprechen. XZ wird auf jeden Fall aufkreuzen. Ich höre schon ihre Stimme, hart wie Eisen. Und wenn sie dann wieder mit Daniel anfängt, weiß ich auch nicht, was ich tun soll. XZ ist einfach unschlagbar im Aufwärmen alter Geschichten. Dann müssen wir auch noch überlegen, was wir mit Fräulein Magnolia anstellen. So geht es jedenfalls nicht weiter. Außerdem mache ich mir große Sorgen um Adria. Du siehst, wir haben einen anstrengenden Abend vor uns, komm also nicht zu spät. Außerdem habe ich Angst vor XZ. Lass mich bitte nicht im Stich!!! Aber jetzt ab mit dir, und sei vorsichtig! Zieh deine Gasmaske richtig an. Ich möchte nicht, dass du vergiftet wirst. Ich wäre sowieso froh, wenn du nicht mehr im Außendienst arbeiten würdest."

„Mir macht es aber Spaß. Wenigstens komme ich dann einmal raus, auch wenn es meistens zu heiß ist und die Gasmaske drückt. Irgendwie fühle ich mich dann freier."

„Jetzt weiß ich, woher Adria ihre Gedanken hat. Also dann bis heute Abend. Gute Gesundheit!"

Der Vater gab Mutter noch einen Kuss und machte sich dann eilig auf zu seiner Arbeitsstelle, während die Mutter erst einmal in ihren Meditationsübungen Zuflucht suchte.

Umweltpolizistin XZ schlägt zu

„Puh, was für ein Tag! Erst die blöde Schule, und dann noch Frischlufttherapie. Ich bin geschafft!" Kim warf sich auf das Sitzkissen und streckte die Beine von sich.

„Sei doch nicht so faul. Komm her, ich will dir das neueste Lied von Amor Amaretto vorspielen. Das ist absolute Spitzenklasse!"

„Keine Lust. Mach halt lauter!" Kim machte es sich in den Kissen gemütlich, während Adria die Lautstärke immer höher drehte und im Takt der Musik hin und her zuckte.

Das Vergnügen dauerte aber nicht lange, denn schon kam die Mutter ins Zimmer gerauscht und stellte den Musik-Boy ab. „Müsst ihr jetzt auch noch diesen Lärm machen? In einer Stunde hat sich XZ angemeldet, und ich wage mir gar nicht auszumalen, welche Strafen wir zu erwarten haben. Ich befürchte das Schlimmste, bei allem, was zusammengekommen ist."

„Hoffentlich hat sie uns nicht im Speedlift gesehen", murmelte Adria betroffen. „Wieso denkst du dir auch immer so einen Quatsch aus?!"

Kim ließ sich nicht aus der Ruhe bringen, was sollte denn auch schon geschehen? Die Erwachsenen nahmen immer alles so wichtig.

Das rote Licht, das die Eingangstür markierte, leuchtete auf. „Das wird sie sein. Benehmt euch anständig!"

Während Adria und Kim ihre Unschuldsmienen aufsetzten, betrat der Vater, gefolgt von der Umweltpolizistin XZ, genauer gesagt XZ 2, wie sich zu einem anderen Zeitpunkt herausstellen sollte, den Raum. Die Mutter warf ihm einen dankbaren Blick zu, hatte er es doch geschafft, gerade noch rechtzeitig zu kommen.

Mit einem freundlichen „Gute Gesundheit" wandte sich Mutter dann der Gesundheitspolizistin zu.

„Gute Gesundheit", erwiderte diese, ohne eine Miene zu verziehen. Sie zog einen Pocket-Computer aus der Tasche und tippte darauf herum.

„Ich nehme an, Sie wissen, warum ich hier bin?" Das strenge Gesicht der Umweltpolizistin schien so etwas wie Vorfreude widerzuspiegeln. Sie hatte in der Tat viel Freude an ihrem Beruf und genoss den Druck, den sie dabei ausüben konnte. Sie war die geheime Macht in Delta-City. Ihr Wort war Befehl, und man konnte sich kaum dagegen wehren.

Jetzt schaute sie forschend in die Runde. „Fräulein Magnolia fehlt noch. Es betrifft auch sie, was ich zu sagen habe." Vater betätigte den Ruf-Boy, und nach einer Weile erschien Fräulein Magnolia. Sie zuckte zusammen und erblich, als sie XZ bemerkte und versuchte, sich unauffällig in den Hintergrund zu drängen.

XZ räusperte sich kurz und begann triumphierend mit ihrer Kritik: „Es sind folgende Punkte zu beanstanden:

1. Falsche Containerbenutzung
2. Überdosierung von Bakterien, die eine Hyperreaktion in den Entsorgungsgräben hervorgerufen haben
3. Lärmen auf den Gängen und in der Wohnzelle
4. Überflüssige Benutzung des Speedlifts
5. Extrem hoher Luftverbrauch während der Schlafphase
6. Benutzung einer Plastiktüte beim Einkaufen."

„Aber das war eine Antiquität! Mindestens 400 Jahre alt!" Mutter schüttelte den Kopf über so viel Pedanterie, „Das spielt KEINE Rolle!!! Plastik in Gebrauch ist verboten!" XZ zeigte ein spöttisches Lächeln. „Sie sehen, die Summe Ihrer Verfehlungen ist groß. Ich weiß nicht warum, aber Sie sind die einzige Familie in diesem Quadranten, bei der ich mindestens zwei Mal im Monat ein Strafmandat ausstellen muss. Das liegt entweder an Ihrer Erziehung, oder es ist eine Sache der Gene. Schließlich hat ja schon ein Familienmitglied die Umweltgesetze auf das Sträflichste vernachlässigt!"

„Wenn Sie jetzt wieder auf meinen Bruder Daniel Zweistein anspielen, muss ich ernstlich böse werden. Das alles ist jetzt schon fünfzehn Jahre her, und er hat seine Strafe abgedient! Zehn Jahre Zwangsarbeit in den Bakterienminen sind ja wohl genug! Und das alles nur wegen ein bisschen Energieverschwendung!! Und wir haben ja nun überhaupt nichts damit zu tun. Also reiten Sie nicht immer wieder darauf herum!" Mutter war jetzt ernstlich empört.

„Ein bisschen Energieverschwendung??? Er hat trotz mehrmaliger Ermahnung und Geldstrafen mindestens dreimal jährlich sechshundert Megacron für seine seltsame Maschine verbraucht. Die Strafe war völlig zu Recht! Aber nun zu Ihnen: Sie zahlen umgehend siebenhundertfünfzig Eurodollar auf das Konto für erkrankte Außenarbeiter ein. Die Nummer kennen Sie schon, es ist ja nicht das erste Mal. Außerdem will ich die Kinder und Fräulein Magnolia am Sonntagmorgen um sieben Uhr beim Umwelterziehungsprogramm sehen. Das wird ihnen etwas Verantwortungsbewusstsein beibringen! Und wehe, sie passen nicht auf! In der darauffolgenden Woche findet zur gleichen Zeit eine Prüfung statt. Es gelten keine Entschuldigungen!"

„Gemeine Zimtzicke. Irgendwann zahle ich es dir heim!" Kim knirschte leise mit den Zähnen, bis er von Adria einen Stoß in die Rippen bekam. Sie hatte ja Recht, und er sollte XZ besser nicht noch mehr reizen. Wer weiß, was ihr dann noch alles einfallen würde.

„Das war das letzte Mal, dass Sie so glimpflich davongekommen sind. Das nächste Mal bringe ich Sie vor den Umweltrat, und die Strafen kennen Sie ja. Denken Sie nur an Daniel Zweistein. Und jetzt entschuldigen Sie mich bitte. Ich habe noch auf X/13 zu tun."

Nachdem XZ den Raum verlassen hatte, herrschte einen Augenblick lang betretenes Schweigen.

„Ihr wisst nun, wie ihr euch zu verhalten habt. Ich befürchte, dieses Mal ist es wirklich ernst." Der Vater blickte seine Kinder aufmerksam an. „Ich möchte nicht in den Bakterienminen enden. Onkel Daniel hat Grauenvolles davon erzählt. Also gebt euch ein bisschen Mühe. Versprecht ihr mir das?"

Die beiden Geschwister blickten betreten drein. „Das ist eine Gemeinheit, uns so zu drohen!" Adria schaute empört um sich.

„Freiheitsberaubung!!! Sonntag ist mein freier Tag!" Fräulein Magnolias sonst so träge Augen blitzten vor Zorn.

„Das ist wohl nicht die richtige Zeit, sich aufzuregen. Wir haben uns zu fügen. Gebt ihr Vater nun das Versprechen?" Mutter war immer noch zornig, versuchte aber, sich zu beherrschen.

Adria und Kim nickten, und sogar Fräulein Magnolia quälte sich ein „Ja" ab.

„Gut, dann wollen wir jetzt essen. Fräulein Magnolia, servieren Sie bitte, und ihr könnt den Tisch decken."

„Welches Menü wünschen Sie heute?" Fräulein Magnolia blieb abwartend stehen.

„Lila. Das ist mein Lieblingsessen!" Kim sah Adria herausfordernd an und sie erwiderte: „Pfui. Das hatten wir ja erst gestern! Das schmeckt doch überhaupt nicht!"

„Servieren Sie einfach das bunte Menü, dann sind alle zufrieden. Ich kann heute keinen Streit mehr brauchen. Und vergessen Sie nicht wieder, das Wasser zu filtern!", bestimmte Mutter.

„Das vergesse ich nie!" Fräulein Magnolia zog beleidigt ab.

„Vergiss nicht, dass wir heute wieder unseren Telepathiekurs haben – zieh dich schon mal um."

„Auch das noch! Was ist das nur für ein Tag heute!"

Während der Vater sich umzog und die Kinder den Tisch deckten, servierte Fräulein Magnolia das Essen. Für jeden gab es eine genau abgemessene Menge Wasser. Dazu lagen auf kleinen Tellern bunte Pillen in verschiedenen Größen.

„Hm, da läuft einem ja das Wasser im Munde zusammen!" Der Vater war zurückgekommen, und alle setzten sich, um das Mahl zu genießen. Eine Weile lutschten sie schweigend ihre Pillen, dann wandte sich der Vater an die Kinder. „Habt Ihr schon eure Hausaufgaben gemacht?"

Adria nickte, aber Kim sagte: „Ich muss noch mein Referat etwas überarbeiten. Es ist so schwierig."

„Worum geht es denn?", erkundigte sich die Mutter interessiert.

„Ich soll einen Vortrag über einen großen Politiker des zwanzigsten Jahrhunderts halten. Ich habe Helmut Kohl gewählt. Er war mindestens ein Meter neunzig!"

Der Vater konnte sich ein Schmunzeln nicht verkneifen. „Ich glaube nicht, dass die Körpergröße gemeint war. Dein Lehrer hat sicher Michail Gorbatschow oder Ronald Reagan gemeint. Aber lass mal hören."

„Helmut Kohl war von 1982 bis 1998 Kanzler der Bundesrepublik Deutschland. Unter seiner Regierung fand die Wiedervereinigung Deutschlands statt. Sein größter Triumph war der 3. Oktober 1990. Danach war er zwar weiterhin Kanzler, aber er verlor zusehends an Bedeutung. In den nächsten 20 Jahren passierte nicht viel, aber dann wurde es interessanter: Es gab eine große Pandemie, einen Krieg in der Ukraine, eine Energiekrise, und das Klima wurde immer gefährdeter und gefährlicher. Durch all diese Krisen rückte Europa stets näher zusammen, und so entstanden die Vereinigten Staaten von Europa. Die erste Präsidentin hieß Sophie Concorde."

Mutter schüttelte den Kopf. „Irgendwie ist das ein seltsames Referat. Du hast ja nur zwei Sätze über Helmut Kohl gesagt, dabei sollte er doch die Hauptperson sein, oder?"

„Mehr weiß ich nicht über ihn. Unser Lehrer hat nicht mehr gesagt, und im Geschichtsbuch steht auch nicht mehr. Woher soll ich es also wissen?" Kim zuckte mit den Schultern. Er interessierte sich sowieso nicht für Geschichte. Adria war da anders. Sie konnte stundenlange Vorträge über die verschiedensten Geschichtsepochen halten. Leider hatte sie sich geweigert, ihm zu helfen – wie Schwestern eben so waren.

„Du darfst den Multi-Key benutzen", Vater lächelte ihm aufmunternd zu. „Darin ist alles, was es über jeden wichtigen Menschen der letzten 2000 Jahre zu sagen gibt. Aber sei vorsichtig, nicht, dass du wieder das Programm abstürzen lässt wie das letzte Mal. Ich habe ein ganzes Wochenende gebraucht, bis alles wieder in Ordnung war."

Kim verzog beleidigt das Gesicht. „Das war ich gar nicht. Das ist nur passiert, weil Adria unbedingt dazwischen fummeln musste. Aber vielen Dank, Vater, das wird mir eine große Hilfe sein."

Die Mutter stand auf und nahm ihre Handtasche. „Wir müssen jetzt los. Der Kursleiter hasst Verspätungen, und Entschuldigungen nützen nichts. Er kann ja schließlich unsere Gedanken lesen. Was machen übrigens eure Telepathiekenntnisse?"

„Kim ist super. Er soll das nächste Mal an den Meisterschaften teilnehmen, aber ich ...", Adria zögerte leicht, bevor sie fortfuhr. „Ja, also, der Lehrer meint, bei mir müsste irgendwo eine Sperre sein. Es geht nichts rein und kommt nichts raus."

„Das ist vielleicht das Beste, bei all den seltsamen Gedanken, die du manchmal hast. Stell dir nur vor, XZ wüsste, was du manchmal für Ideen im Kopf wälzt." Der Vater fuhr ihr tröstend über das Haar.

„Jetzt müssen wir aber los. Macht keinen Unfug. Denkt an euer Versprechen! Gute Gesundheit." Die Mutter winkte ihnen kurz zu und folgte eilig dem Vater, der schon an der Türe wartete.

Daniel Zweistein hat eine Idee

An diesem Morgen war Adria so müde, dass sie sich nicht aufraffen konnte, zum Sonnenaufgang aufzustehen. Außerdem hatte sie heute erst nachmittags Schule, sodass sie ausschlafen konnte.

Als sie dann um elf Uhr am Wohnzimmerfenster stand, war draußen nur der übliche dicke Nebel zu sehen. Missmutig starrte sie aus dem Fenster. Da drüben waren einmal Weinberge gewesen, und ein Fluss hatte sich drumherum geschlängelt. Adria hatte es in einem alten Film gesehen, den sie in der Bibliothek entdeckt hatte. Aber war das wirklich wahr? Vielleicht war auch dieser Film mit der Computertechnik hergestellt wie die Unterhaltungsfilme auf der Multivision. Dagegen sprach allerdings die fürchterlich schlechte Qualität des Filmes. Andererseits konnte sie sich kaum vorstellen, dass da draußen einmal Pflanzen gewesen sein sollten.

„Ich will einmal eine echte Pflanze sehen, nicht nur auf Bildern!" Sie sprach eigentlich mehr zu sich selbst, aber Kim hatte sie doch gehört.

„In Mega-City sollen sie eine haben. Sie soll dort an irgendeinem Wassertank aufgetaucht sein. Ich glaube, es ist eine Moosart."

„Vielleicht dürfen wir sie mal anschauen. Das wäre prima!" Adria stürzte sich auf den gerade eintretenden Vater und hängte sich ihm an den Hals. „Bitte, Vater, nimm uns doch mal mit nach Mega-City, um die Pflanze zu besichtigen!"

„Tut mir leid, meine Lieben, aber das geht nicht. Die Pflanze steht unter dem Schutz des Ministeriums. Jeden Tag dürfen sie nur zwanzig Personen besichtigen, damit sie in ihrer Entwicklung nicht gestört wird. Außerdem kostet eine Besichtigungskarte achtzehn Eurodollar. Das können wir uns zurzeit nicht leisten. Ich muss ja schließlich noch die Umweltstrafe bezahlen. Vielleicht nächstes Jahr – wenn sie dann noch da ist!"

Während Adria vor sich hin maulte und Vater seinen Schutzanzug richtete, blätterte Kim verzweifelt in einem dicken Buch.

„Adria, bitte hilf mir mit meinen Hausaufgaben. Nur dieses eine Mal! Heute Nachmittag werde ich abgefragt, und ich weiß nichts!"

„Hast du wieder nicht aufgepasst. Gib's ruhig zu."

„Gar nichts gebe ich zu! Ich hatte nur Pech mit meinem Kopfhörer. Die ganze Stunde über hat er nicht richtig funktioniert. Bitte, sag mir alles, was du über London weißt!"

„Also gut, aber nur ausnahmsweise. Ich halte nämlich nichts davon, faule Brüder zu unterstützen! Also, hör gut zu. Ich sag's nur einmal: London war die Hauptstadt des Königreichs Großbritannien. Dieses bestand aus England, Schottland, Wales und Nordirland. London selbst lag in dem Teil, den man England nannte. Es war eine mehrere hundert Jahre alte Stadt mit wunderbaren alten Gebäuden. Im Jahr 2113 gab es eine riesige Flutkatastrophe, bei der das ganze Königreich innerhalb weniger Minuten unterging. Es gab kaum Überlebende. Ich glaube, unser Geschichtslehrer hat englische Vorfahren. Deshalb ist er wohl auch so wild auf dieses Thema. Bei dieser Flut gingen übrigens auch andere Teile von Europa unter. Ich glaube, alles in allem hat Europa dabei eine Landfläche von fünfzigtausend Quadratkilometern verloren. Reicht dir das, oder musst du noch mehr wissen?"

„Ich glaube, das reicht. Wenn ich nicht mehr weiterweiß, dann frage ich ihn einfach nach seinen Urahnen. Das wird ihn ablenken. Danke, Adria, du hast mir das Leben gerettet. Es ist Wahnsinn, was du alles weißt." Kim sah seine Schwester bewundernd an.

Der Vater runzelte die Stirn. „Irgendetwas in dieser Familie hier läuft verkehrt. Die kleine Schwester hat ein Hirn wie der Multi-Key, und der große Bruder hat statt Hirnzellen eine gähnende Leere. Was willst du bloß einmal werden?"

Kim lachte. „Mach dir darüber keine Sorgen. Schließlich kann ich Gedanken lesen!"

Adria war empört. „Aber das darfst du doch nur zum Training anwenden und nicht im täglichen Gebrauch. Möchtest du eine Gehirnsperre verpasst kriegen?"

„War ja nur Spaß. Nehmt doch nicht immer alles so ernst. Wenn ich nur wüsste, was ich werden will! Am liebsten raus hier, Astronaut oder so.“

„Da musst du aber wohl noch ein bisschen mehr lernen als bisher“, bemerkte der Vater spöttisch, „bisher reicht es höchstens zum Entsorgungskanalreiniger. So, jetzt muss ich aber los. Wir sehen uns beim Abendbrot. Ich hab gehört, dass wir heute gelbgrün essen, das mag ich am liebsten. Also, bis dann. Gute Gesundheit, ihr beiden.“ Damit war der Vater auch schon aus dem Haus.

Adria kicherte in sich hinein. „Entsorgungskanalreiniger! Da wirst du aber wunderbar duften. Aber jetzt ohne Witz. Willst du wirklich Astronaut werden? Ich würde am liebsten heute schon irgendwohin abhauen. Manchmal habe ich das Gefühl, ich ersticke hier. Dann möchte ich einfach loslaufen, dorthin, wo es anders ist als hier.“

Amüsiert sah Kim seine Schwester an. „Und wo willst du hin? Willst du vielleicht ohne Schutzanzug und Gasmaske durch die Wüste laufen? Nach ein paar Metern würdest du tot umfallen.“

„Sag mal, Kim. Glaubst du, dass der Himmel wirklich blau ist? Stimmt es, dass die Leute früher draußen herumgelaufen sind, dass sie im Meer, was immer das sein soll, geschwommen sind? Dass sie Obst und Gemüse gegessen haben?“

„Woher weißt du das bloß alles?“ Kim blickte sie fragend an.

„Das habe ich gestern alles in einem Buch gelesen. Es soll sogar ein Meer mit dem Namen Adria gegeben haben. Kann das alles wahr sein? Oder sind das nur Märchen für die Multivision?“

„Manches davon wird schon stimmen. Ich weiß zum Beispiel, dass die Südliche Kloake früher tatsächlich Adria geheißen hat.“

Adria starrte ihn entsetzt an. „Die Südliche Kloake? Diese schmierige, stinkende, faulige Brühe? Und das soll mein Name sein? Danach bin ich genannt worden????? Es ist unfassbar!!!“

22

„Kloake, Kloake!" Kim tanzte lachend um sie herum. Wutentbrannt stürzte sich Adria auf ihn. „Du gemeines Miststück! Wie kann man nur so eklig sein!"

Als die Mutter hereinkam, wälzten sich die beiden immer noch wütend auf dem Boden herum. „Was ist denn nun schon wieder los? Könnt ihr euch nicht vertragen? Ihr wollt doch nicht etwa, dass XZ wieder kommt? Aber bei dem Lärm, den ihr macht, ist das nicht ausgeschlossen. Werdet doch endlich einmal vernünftig! Alt genug seid ihr ja schließlich!"

„Mutter", Adria sank der Mutter schluchzend in die Arme. „Ist es wahr, dass die Südliche Kloake früher Adria hieß?"

Die Mutter nickte. „Ja, natürlich. Aber warum regst du dich darüber so auf? Ich dachte, das hättest du schon in der Schule gelernt."

„Oh je, die Schule. Wenn die das rauskriegen!! Ich bin blamiert!! Wie peinlich!! Mutter, wie konntet ihr nur so etwas machen?!?! Ihr seid ja sooo gemein." Adria sank schluchzend auf das Sitzkissen.

„Kind, beruhige dich doch nur!" Die Mutter legte liebevoll die Arme um Adria. „Du weißt gar nicht, was wir dir für einen wundervollen Namen gegeben haben! Dein Name soll uns immer daran erinnern, was wir Wunderschönes verloren haben. Es gibt viele Namen, die heutzutage diese Aufgabe haben. Denk doch nur an Fräulein Magnolia oder an Radieschen, das kleine Mädchen in 1357c."

„Pflanzennamen sind etwas ganz anderes. Die gibt es ja nicht mehr. Keiner weiß, ob sie gut oder schlecht geschmeckt oder geduftet haben. Aber die Südliche Kloake IST DA, und jeder weiß, wie schrecklich sie stinkt! Ich kann es einfach nicht glauben! Warum habt Ihr bloß nicht an mich gedacht?"

„Nun hör schon auf mit dem Theater", entgegnete Kim. „In meiner Klasse heißt eine Nordsee, und das ist die Nördliche Kloake, wie du vielleicht weißt. Und die ist ja bekanntlich noch viel schlimmer als die Adria. Dort sollen ja sogar schon einzelne Algen gesichtet worden sein. Vielleicht erlebst du ja noch, dass man darin wieder baden kann."

„Jetzt seid friedlich, Kinder. Ich muss fort. Stellt euch vor, meine Freundin Ameise hatte eine Karte für die Besichtigung der Pflanze, aber jetzt ist sie krank geworden, und da hat sie mir die Karte geschenkt. Es fängt gleich an, also vertragt euch!“, bat die Mutter.

„Ihr habt es gut. Wenn ich doch auch schon erwachsen wäre. Als Kind darf man überhaupt nichts.“ Adria blickte wehmütig auf den Boden.

„Jetzt sei doch nicht so unzufrieden! In letzter Zeit gefällst du mir überhaupt nicht mehr. Dauernd meckerst du an irgendetwas herum. Immer hast du schlechte Laune, und es gibt Tage, da redest du kaum noch mit uns. Ich befürchte, ich muss dich einmal bei Psycho-Help anmelden. Vielleicht kriegen die heraus, was dir eigentlich fehlt.“

„Psycho-Help! Als ob das etwas nützen würde! Versteht ihr denn nicht, dass es hier einfach stinklangweilig ist? Tagein, tagaus immer dasselbe! Ich will das alles einfach nicht mehr! Ich möchte etwas anderes, etwas Neues erleben! Ach, ihr habt einfach keine Ahnung!“ Adria verzog schmollend die Mundwinkel und versteckte sich hinter ihrem Buch.

Kim grinste der Mutter zu. „Geh nur! Ich werde sie schon wieder beruhigen. Musst dir keine Sorgen machen!“

Mit einem kurzen Blick zu Adria zuckte die Mutter mit den Schultern und verließ den Raum. Kim drehte inzwischen an den Knöpfen seines Sounders und versuchte, irgendwo eine gute Musiksendung zu finden, aber er hatte kein Glück. Überall waren nur Nachrichtensendungen zu hören. Als der Wetterbericht kam, hob Adria den Kopf. Das Wetter interessierte sie immer, und deshalb hörte sie auch jetzt aufmerksam zu.

Das Wetter für heute, Montag, den 4. November, Stand 10 Uhr: Ein Orkantief zieht von Südosten über unseren Raum und bringt für die nächsten Tage eine kurzfristige Abkühlung. Die Höchsttemperaturen liegen nur noch zwischen 35° und 42°, die Tiefstwerte liegen bei 28°. Mit starken Sturmböen muss gerechnet

*werden. **Achtung Außenarbeiter! Benutzen Sie unbedingt den Schutzanzug ZB 3 und arbeiten Sie nicht in
Höhen über 20 Metern!***

Adria atmete auf. „Endlich wird es etwas kühler. Das wird auch langsam Zeit. Die Klimaanlage schafft es bei der großen Hitze einfach nicht richtig. Außerdem ist die Luft immer so trocken."

Kim, der sich die ganze Zeit im Takt der jetzt laufenden Musik gewiegt hatte, blickte zu seiner Schwester hinüber. „Vielleicht hast du dann auch wieder bessere Laune. Du bist wirklich seltsam geworden. Gewöhne dich doch endlich an das Leben, das du führen musst! Es bleibt dir doch eh nichts anderes übrig!"

„Ich WILL aber nicht!" Bevor Adria einen neuen Wutanfall bekommen konnte, wurde sie von Fräulein Magnolia unterbrochen, die auf ihre übliche Weise hereingetrampelt kam. „Ruf-Rob hat Herrn Zweistein gemeldet. Soll ich ihn einlassen?"

Adria sprang begeistert auf. „Onkel Daniel! Öffnen Sie schnell! Er ist einfach super! Jetzt fühle ich mich gleich besser. Los, nun machen Sie schon!!"

„Wie ihr meint!" Pikiert ging Fräulein Magnolia hinaus und geleitete kurze Zeit später Daniel Zweistein in das Zimmer. Adria fiel ihm um den Hals, während Kim seinem Onkel freundschaftlich auf die Schulter klopfte.

„Na, wie geht es euch, meine Lieben? Ich habe euch ja lange nicht gesehen. Ist alles in Ordnung, oder habt ihr wieder etwas angestellt?" Onkel Daniel musterte die Kinder mit einem Augenzwinkern. „Seid ihr meiner lieben Freundin XZ einmal über den Weg gelaufen?"

Kim grinste ihn an. „Viel zu oft. Gerade gestern Abend war sie wieder hier. Wir haben eine Wahnsinnsstrafe bekommen und die Voraussagung, dass wir alle in den Bakterienminen landen würden. Sie gibt dir die Schuld. Sie denkt, unsere Erbmasse sei verdorben. Vielleicht hat sie ja sogar Recht? Irgendwie denken wir anders als andere Menschen."

„Onkel Daniel, erzähl uns doch einmal von früher. Du weißt ja so viel", schmeichelte ihm Adria. „Ich höre dir so gerne zu, wenn du von vergangenen Zeiten sprichst. Das klingt immer, als wenn du dabei gewesen wärst."

„Na, ja. Vielleicht war ich das ja auch – aber Spaß beiseite. Es ist gar nicht so einfach, von den alten Zeiten zu sprechen, denn für euch ist das schlicht unvorstellbar. Denkt nur, früher war der Himmel blau, und die Sonne zog den ganzen Tag ihre Bahn über den Himmel. Nachts wurde sie von dem Mond und den Sternen abgelöst. Im Winter war es so kalt, dass der Regen zu Schnee gefror, und im Sommer war es angenehm warm, sodass die Menschen in der Sonne liegen und im Meer baden konnten. Es gab so viele verschiedene Pflanzen und Tiere, dass man sie kaum zählen konnte. Aber das müsst ihr doch aus euren Büchern oder aus dem Multi-Key kennen!"

„Ich hätte das so gerne einmal erlebt. Kannst du mir sagen, was es für ein Gefühl war, draußen herumzulaufen?" Adria blickte verträumt in die Ferne.

„Gefühle sind schwer zu beschreiben. Versuche, dir vorzustellen, du läufst durch einen Garten. Die Luft streichelt deine Haut, die Sonne wärmt dein Gesicht, die Bienen summen, und ein Duft von Blüten, Gras und Erde schmeichelt um deine Nase. So ungefähr musst du dir das vorstellen."

Auch Kim war jetzt beeindruckt. „Das muss ein irres Erlebnis gewesen sein. Die Menschen waren damals sicher sehr glücklich."

„Da bin ich mir nicht so sicher. Ich glaube, sie wussten überhaupt nicht, wie gut sie es hatten. Erst als alles vorbei war, wachten sie auf und sahen, was sie alles verloren hatten, aber dann war es zu spät. Die Menschen sind nun einmal so!"

„Ich habe in einem alten Video gesehen, dass die Häuser damals winzig klein waren!" Adria war aus ihrer Schwermut erwacht und sprach mit blitzenden Augen weiter. „Oft lebte nur eine Familie in einem Haus. Und dann fuhren sie in kleinen Wagen – ich glaube, sie hießen Autos. Damit konnten sie fahren, wohin sie wollten! Warum können wir nicht auch so leben? Was ist überhaupt passiert, dass jetzt alles so anders ist?"

Daniel Zweistein sah seine Nichte aufmerksam an. „Weißt du, die Menschen waren schon immer sehr egoistisch. Sie haben nie über ihre Generation hinausgedacht. Sie bauten riesige Fabriken, die die Umwelt verschmutzten, sie benutzten Unmengen von Chemikalien, um höhere Erträge aus den Böden zu holen oder um sich mit Luxus zu umgeben. Dadurch wurde die Luft immer schlechter, das Wasser wurde verseucht und die Böden immer unfruchtbarer. Als sie dann noch die Urwälder abholzten, entstanden weite, öde Gebiete, die durch Erosion bald zu Wüsten wurden. Durch die Luftverseuchung entstand ein Ozonloch, das bald so groß war, dass es zu einer gigantischen Klimaverschiebung kam. Die Folgen waren fürchterliche Orkane, die halbe Erdteile untergehen ließen. Die fruchtbaren Gebiete wurden zu Ödland, das lebensspendende Wasser verdunstete, und was uns noch blieb, ist nichts anderes als eine stinkende Kloake, wie ihr ja wisst. Schaut aus dem Fenster, dann könnt ihr sehen, was die Menschen der Erde angetan haben!"

Kim konnte das alles nicht fassen. „Aber warum haben es die Menschen denn so weit kommen lassen? Wussten sie denn nicht, was passieren würde?"

„Mit Sicherheit haben sie es gewusst, aber sie wollten es einfach nicht wahrhaben." Daniel Zweisteins Stimme klang bitter und auch etwas resigniert. „Ich habe viel darüber nachgedacht. Sie glaubten wohl, sie selbst würden ja das Ende nicht mehr erleben, und so lebten sie ohne Gedanken an ihre Kinder, Enkel und an die Zukunft."

Adria schüttelte den Kopf. „Das ist soooo gemein, uns so unser Leben zu versauen! Wenn man das doch nur rückgängig machen könnte!"

Daniel Zweistein lächelte zu ihr hinüber. „Das haben bestimmt schon viele Menschen gedacht, aber wie wolltest du das wohl anstellen?"

„Man müsste einfach zu ihnen gehen und ihnen erzählen, wie es jetzt bei uns hier aussieht. Dann MÜSSEN sie doch einsehen, dass sie alles falsch machen und es ändern. Glaubt ihr nicht auch?" Adria blickte ihre Gesprächspartner herausfordernd an.

„Hahaha!" Kim kugelte sich vor Lachen. „Deine Ideen sind ja zum Totlachen. Glaubst du wirklich, die würden auf dich hören? Auf dich, ein kleines naseweises Mädchen aus der Zukunft? Und überhaupt, wie willst du jemandem aus der Vergangenheit etwas sagen? Das ist schließlich unmöglich!" Kim lachte immer noch vor sich hin und wollte sich einfach nicht beruhigen.

Adria blickte ihren Bruder missbilligend an. Wie konnte er nur so albern sein! Das hätte sie nicht von ihm gedacht, wo er doch sonst die meisten ihrer Gedanken mit ihr teilte. Eine Weile überlegte sie, dann erinnerte sie sich an etwas. „Ich habe mal einen Film gesehen, da hatte jemand eine Zeitmaschine, die hat ihn in jede Zeit gebracht, in die er wollte. Vielleicht erfindet ja mal jemand eine. Ich wundere mich sowieso, dass es so etwas noch nicht gibt. Beim heutigen Stand der Technik müsste das doch möglich sein! Dann könnten wir immer Urlaub machen, wo und wann wir wollen, das wäre einfach wunderbar!"

Kim sah seine Schwester mit großen Augen an. „Oh je, jetzt ist sie völlig übergeschnappt. Hast du gehört, Onkel Daniel? Zeitmaschine – so ein Blödsinn! Du liest zu viele Bücher und schaust zu viele Videos, Adria! Wie kann man sich nur so einen Unfug ausdenken?! Ich kann es nicht glauben – meine eigene Schwester, und so verrückt!"

Daniel Zweistein hatte den Streit aufmerksam verfolgt. Seine Stirn war nachdenklich gerunzelt, als hätte er eine wichtige Entscheidung zu treffen. Er ließ seine Blicke prüfend von einem zum anderen schweifen. Sollte er? Oder sollte er lieber nicht? Es fiel ihm sichtlich schwer, einen Entschluss zu fassen.

Schließlich siegten sein rebellischer Geist und seine unbezähmbare Lust am Risiko. Aber durfte er wirklich die Kinder der Gefahr aussetzen? Er zögerte noch einmal kurz, und dann räusperte er sich. Kim und Adria hatten ihn die letzten Minuten irritiert betrachtet. Sie konnten ja nicht ahnen, welche Gedanken ihr Onkel in seinem Kopf wälzte, aber das sollten sie jetzt gleich erfahren:

„Ich HABE eine Zeitmaschine. Wir könnten sie benutzen und einen Versuch wagen!"

Der Aufbruch

Kim und Adria starrten ihren Onkel mit weit aufgerissenen Augen an. Das konnte doch nicht wahr sein! Onkel Daniel wollte sich sicherlich nur einen Scherz erlauben! Aber dafür sah er eigentlich zu ernst aus. Eine Zeitmaschine!? Nein, das konnte doch nicht möglich sein. Unauffällig zwickte sich Kim in seinen Arm. Au, das tat weh. Also war das wohl doch kein Traum. Trotzdem – irgendetwas konnte daran nicht stimmen. Ungläubig schüttelte Kim seinen Kopf. Auch Adria schien sich nicht in der Wirklichkeit zu befinden. Träumend schaute sie aus dem Fenster, doch langsam wurde ihr Blick klarer, und sie wandte sich ihrem Onkel zu.

„Onkel Daniel, machst du auch keine Witze? Warum hast du denn nicht eher etwas davon gesagt? Du besitzt also wirklich eine Zeitmaschine? Können wir sie benutzen? Wie funktioniert sie? Los, sag doch endlich was!"

Daniel Zweistein lächelte. „Du lässt mich ja nicht zu Wort kommen. Also, ich will euch die Geschichte erzählen:

Vor ungefähr zwanzig Jahren hatte ich einen sehr guten Freund. Er war Physiker, und wir beide haben zusammen sehr viel gebastelt. Eines Tages erklärte er mir plötzlich, er habe das Problem des Zeitsprungs gelöst. Wir waren begeistert und versuchten natürlich sofort, eine Zeitmaschine zu konstruieren. Natürlich war das alles sehr schwierig, und am Anfang konnten wir höchstens ein paar Minuten die Zeit überwinden, aber irgendwann hatten wir die Lösung und konnten aufbrechen zu unserer ersten längeren Reise in eine andere Zeit und Welt. Es war unbeschreiblich – einfach wundervoll. Wir haben viele aufregende Reisen gemacht und viel Spannendes erlebt. Das Ganze war unvorstellbar schön und nicht mit Worten zu beschreiben!"

Kim konnte das alles noch immer nicht richtig fassen. „Aber warum wusste niemand etwas davon? Macht ihr heute auch noch Reisen? Wart ihr auch in der Zukunft? Wie ist es denn da?"

„Schon wieder so viele Fragen auf einmal!" Daniel Zweistein schüttelte den Kopf. „Dann hört jetzt das traurige Ende der Geschichte: In der Zukunft waren wir nie. Irgendwie konnten wir das Problem nicht lösen. Unsere Maschine verbrauchte so viel Energie, dass es den Leuten vom Umweltrat auffiel. Wir wurden öfters ermahnt, und wir versuchten auch ernstlich, nicht mehr so viele Reisen zu machen. Aber wir waren richtig süchtig nach diesen Fahrten geworden. Das ist ja auch kein Wunder bei dem Leben, das wir hier führen. Eines Tages jedenfalls hatte XZ ihre große Stunde. Sie erwischte uns, wie wir versuchten, Energie aus dem Regierungsdepot zu holen. Sie war damals noch ganz jung und eifrig. Wir verhalfen ihr zu einer Beförderung. Aber uns ging es richtig schlecht. Wir wurden zu zehn Jahren Zwangsarbeit in den Bakterienminen verurteilt. Mein Freund war sowieso nicht sehr gesund, und so hat er die gefährlichen Gifte nicht sehr lange ertragen können. Er starb schon im ersten Jahr. Ich habe danach auch nicht mehr gewagt, die Maschine zu benutzen. Ohne meinen Freund hätte ich auch gar keinen Spaß daran gehabt."

In Adrias Augen schimmerten Tränen. „Das ist aber eine traurige Geschichte! Ich glaube, ich wäre nach diesen Erfahrungen auch nicht mehr fortgefahren. Und warum hast du es dir denn jetzt anders überlegt?"

Daniel Zweistein zögerte kurz, bevor er eine Antwort gab. „Ihr habt mich nachdenklich gemacht. Es ist vielleicht doch nicht richtig, so eine Erfindung nur zu seinem eigenen Vergnügen einzusetzen. Ihr habt mir klar gemacht, dass wir die Einzigen sind, die vielleicht eine kleine Chance haben, das Leben auf unserem Planeten zu verbessern. Wir sollten in das Jahr 2035 zurückgehen, denn damals wurden die Weichen für unsere heutige Zukunft gestellt."

„Und wann wollen wir aufbrechen?" Kims Backen waren vor Aufregung gerötet, und er konnte kaum noch stillhalten.

Adria dagegen begann sich offensichtlich zu fürchten. „Ist das denn nicht gefährlich?"

Daniel Zweistein sah sie prüfend an. „Nein, es ist völlig sicher, aber wenn du Angst hast, ist es vielleicht besser, du bleibst zuhause. Ich sollte lieber alleine auf diese Reise gehen, als zwei kleine Kinder mitzunehmen. Was glaubt ihr, was eure Eltern mir erzählen würden!?"

„Onkel Daniel!" Kim war außer sich vor Empörung. „Natürlich musst du uns mitnehmen. Wir sollten auch am besten sofort aufbrechen. Vater und Mutter erwarten uns heute nicht vor acht Uhr, und bis dahin sind doch sicher längst zurück!"

„Na, Adria, kommst du jetzt auch mit?" Als Adria nickte, fuhr er fort. „Dann solltet Ihr jetzt ein paar Fotos zusammensuchen, damit wir etwas vorzeigen können, sonst glaubt uns sowieso keiner! Ihr habt doch diesen großen Bildband, der letztes Jahr zu Weihnachten verschickt wurde. Und nehmt euch auch eine warme Weste mit, im Jahr 2035 sind die Winter wesentlich kälter als hier bei uns!"

Daniel Zweistein war jetzt auch die Aufregung anzumerken. „Ich hole jetzt die Zeitmaschine. Sie ist sehr handlich, sodass ich sie unauffällig durch die Gänge bringen kann. Hoffentlich kann ich genug Energie für die Hin- und Rückfahrt besorgen, ohne dass es auffällt. Ihr wisst ja, XZ hat immer ein besonderes Auge auf mich. Also, bis gleich. Seht zu, dass ihr bereit seid, wenn ich zurück bin. Wir dürfen nicht zu viel Zeit verlieren!"

Die nächste halbe Stunde verlief in hektischer Unruhe. Adria und Kim versuchten, die benötigten Sachen zusammenzusuchen. Aber, wie immer, wenn man es besonders eilig hat, waren alle Gegenstände auf Reisen gegangen. Der große Bildband, der fast ein Jahr ständig irgendwo im Weg herumgelegen hatte, war verschollen. Kim versuchte verzweifelt, seinen warmen Overall zu finden. Zehn kostbare Minuten vergingen, bis er ihn endlich in einem Reinigungsbad in der Waschkammer fand. Ohne zu sehen, ob der Anzug überhaupt sauber war, warf Kim ihn in den Hydro-Ex, woraus er ihn fünfzehn Sekunden später trocken entnehmen konnte. Es waren zwar noch ein paar Flecken zu sehen, aber das war unwichtig in Anbetracht der großen Aufgabe, die vor ihnen lag. In der Zwischenzeit hatte Adria auch das Buch gefunden, das Kim als Unterlage für seine Basteleien unter seine Schlafkoje geschoben hatte.

Plötzlich wurde die Türe aufgerissen, und Onkel Daniel stürzte herein. „Schnell, schnell. XZ ist hinter mir her. Wir müssen fort sein, bevor sie hier ist. Ich habe den Ruf-Rob außer Betrieb gesetzt. Das wird sie eine Weile aufhalten. Und jetzt kommt. Es geht los!"

Daniel Zweistein hatte einen kleinen Koffer bei sich, den er jetzt öffnete. Er zog einige Kabel heraus, an denen seltsame Instrumente angeschlossen waren. Während er die Kabel um die Kinder legte, erklärte er ihnen die Maschine. „Hier stellt man die Jahreszahl ein. Es ist wichtig, dass man vorher immer erst auf null geht. Seht ihr, jetzt steht hier 2035. Der Spezialtreibstoff wird in diese Kapsel geschoben. Er ist eine besondere Erfindung des Kriegsministeriums und wurde erst im letzten Jahrhundert erfunden. – So, jetzt müssen wir nur noch diesen roten Knopf drücken, dann geht es los!"

Gerade als Daniel Zweistein sich seinerseits verkabeln wollte, waren laute Geräusche außerhalb des Zimmers zu vernehmen. Die Tür sprang auf, das verblüffte Fräulein Magnolia wurde zur Seite geschoben, und XZ betrat drohend den Raum.

„Genau darauf habe ich die letzten Jahre gewartet!" Die Stimme von XZ klang triumphierend. „Ich wusste, dass Sie irgendwann einmal rückfällig werden würden! Deshalb habe ich Sie immer genau beobachtet. Sie sind verhaftet! Ich werde Sie gleich vor den Umweltrat bringen, und eine weitere Beförderung ist mir sicher! Was soll denn dieses Kabelgewirr eigentlich darstellen? Es scheint wohl diese geheimnisvolle Maschine zu sein, für die Sie immer so viel Energie benötigen!"

Und dann passierten mehrere Dinge gleichzeitig. XZ ging auf die Maschine zu, um sie sich genauer anzuschauen. Dadurch stand sie zwischen den Kindern und Daniel, sodass es ihm unmöglich war, zu den Kindern zu gelangen. Die sahen ihn hilflos an. War jetzt alles umsonst? War die allerletzte Gelegenheit, die Menschheit von ihrem traurigen Los zu befreien, vorbei? Das durfte nicht sein!

„Drückt den roten Knopf! Schnell, bevor es für immer zu spät ist!" Daniel Zweistein hatte kaum ausgesprochen, als ein unheimliches Surren ertönte, das immer schneller und immer höher wurde. Plötzlich brach es ab. Die Stelle, an der gerade noch die Kinder gestanden hatten, war leer. XZ hielt noch die Hand in die Luft, mit der sie nach der Maschine hatte greifen wollen und schaute völlig verblüfft um sich.

Nach einer Weile fasste sie sich wieder und schnarrte: „Das wird ein besonders ernstes Nachspiel für Sie haben! Und jetzt folgen Sie mir!"

„Viel Glück, Kinder!", murmelte Daniel Zweistein noch und folgte zögernd XZ.

Ein Picknick mit Unterbrechungen

„Hier ist ein guter Platz!" Jenny ließ ihre Blicke noch einmal über die Lichtung schweifen. Ja, der Platz war genau richtig. Eine kleine Wiese, die von dicken Fichten umsäumt war. Diese würden einen guten Schutz gegen den recht kühlen Wind geben. In der Mitte lagen einige große Baumstämme, die auf den Abtransport warteten. Jetzt waren sie als Sitzplatz sehr gut geeignet. Die ganze Lichtung war in goldenen Sonnenschein getaucht, der die herbstliche Färbung einzelner Laubbäume besonders leuchten ließ. Außerdem war es in der Sonne recht warm. Hier würden sie ein gemütliches Picknick abhalten können. Jenny nickte wie bestätigend mit dem Kopf. Ja, dieser Platz war wirklich ideal.

„Wo bleibt Ihr denn?" Jenny sah sich suchend um. Plötzlich wurde sie von hinten gepackt und auf den Boden geworfen. Gerade wollte sie einen Hilfeschrei ausstoßen, als sie die beiden Übeltäter erkannte. Mit blitzenden Augen sah ihr Bruder Bit auf sie herunter.

„So ergeht es naseweisen kleinen Mädchen, die sich immer vordrängen wollen! Dieser Platz war MEINE Überraschung für euch. Aber du musst ja immer so vorwitzig sein!" Bit schüttelte weise sein vierzehnjähriges Haupt.

Jenny stand auf und schüttelte sich Staub und Tannennadeln von ihrer Kleidung. „Du bist gemein, bei so was mitzumachen!" Vorwurfsvoll sah sie ihre Freundin Sally an, die noch immer vor sich hin lachte.

„Nimm's nicht so tragisch! Du kennst doch Bit. Wenn er sich etwas ausgedacht hat, darf ihm keiner in die Quere kommen."

„Ist ja gut, aber woher sollte ich wissen, dass Bit diesen Platz schon kennt?" Jenny schüttelte unwillig ihre blonde Mähne.

Die beiden Mädchen hatten sich entschlossen, die letzten Tage ihrer Herbstferien mit einem Picknick zu krönen. Sie hatten allerlei Köstlichkeiten eingepackt, denen Jennys Bruder nicht hatte widerstehen können, und so waren sie schließlich zu dritt losgezogen.

Bit hieß eigentlich wie sein Patenonkel Albert, aber er fand den Namen so scheußlich, dass er fuchsteufelswild wurde, wenn es jemand wagte, ihn so zu nennen. Seinen Spitznamen verdankte er seinen ausgezeichneten Computerkenntnissen, die er sich in den letzten Jahren angeeignet hatte. Er wusste, dass dieser Name eine Anerkennung bedeutete und tat alles, um dieser Ehre gerecht zu werden. In weitem Umkreis war er der Einzige, der auch schwierige Probleme am Computer lösen konnte.

Heute wollte er aber lieber den schönen Herbsttag genießen. Hier draußen war die Luft einfach besser als in der Stadt. Der Duft der Tannen stieg ihm in die Nase, und er atmete tief durch. So sollte es immer sein! Als er an den Smog und den Gestank in der Stadt dachte, runzelte er unwillkürlich die Stirn. Vor ein paar Jahren war das alles noch besser gewesen, viel besser jedenfalls als in der Zeit vor seiner Geburt. Seine Eltern erzählten manchmal davon, dass es damals noch viel schlimmer als heute gewesen sei.

Dann wurden im Zuge der Vereinigung Europas unter Präsidentin Concordes Herrschaft so strenge Umweltgesetze erlassen, wie es sie sonst nirgendwo auf der Welt gab. Und das Ergebnis ließ nicht lange auf sich warten. Luft und Wasser wurden zusehends besser, und es ließ sich sogar in den Städten angenehm leben.

In letzter Zeit allerdings konnte man fast zusehen, wie es mit allem wieder bergab ging. Die Umweltgesetze wurden immer mehr gelockert, angeblich um die Energieprobleme in den Griff zu bekommen. Das behauptete der neue Wirtschaftsminister Lupus jedenfalls. Die Folgen davon waren nun schon unübersehbar.

Bit schüttelte seine unangenehmen Gedanken ab und wandte sich den Mädchen zu. Diese hatten inzwischen den Picknickkorb ausgepackt und es sich auf den Baumstämmen in der Sonne bequem gemacht.

„Hmm, das sieht lecker aus!" Bit setzte sich neben Sally und griff nach einem saftigen Schinkenbrot. „Pfui!" Er spuckte und hustete, Tränen standen ihm in den Augen, während er versuchte, den Bissen seines Brotes wieder herauszuwürgen. „So eine Gemeinheit! Ihr habt mir Senf auf das Brot geschummelt!"

Jenny kicherte. „Rache ist süß!"

„In diesem Fall wohl eher scharf!" Sally konnte sich vor Lachen kaum halten. Sie verlor das Gleichgewicht, rutschte von den Stämmen und landete mit einem Plumps auf dem Boden. Jetzt konnte auch Bit in den allgemeinen Lachanfall einsteigen. Weil er aber ein Kavalier war und wohl auch eine kleine Schwäche für Sally hatte, kletterte er von seinem Platz herunter und half ihr wieder auf die Beine.

Jenny strich sich eine Strähne ihres halblangen blonden Haares aus dem Gesicht. Diese Bewegung war typisch für sie. Immer fielen ihr die Haare in die Stirn und mit einem ungeduldigen Ruck warf sie sie wieder zurück. Hinter den Gläsern einer lustigen Brille blitzten blaue Augen, die im Augenblick nicht wussten, ob sie wütend oder geschmeichelt blicken sollten. Aber noch ehe sie sich entscheiden konnte, mischte sich Jenny ein: „Jetzt hört mit dem Unfug auf und kommt essen! Ich verspreche euch auch, dass ich keine weiteren Brote verschandelt habe."

Sally und Bit lächelten sich kurz an und nahmen wieder ihre Plätze ein. Das Essen war wirklich hervorragend, und so kauten sie eine Weile stumm vor sich hin und ließen die Sonne ihre Gesichter wärmen.

Doch die gemütliche Picknickrunde sollte schon wieder unterbrochen werden. Sally und Jenny unterhielten sich gerade über den neuen Mathelehrer, den sie nach den Ferien bekommen sollten, als am Waldrand eine seltsame Gestalt auftauchte. Sie stupsten Bit, der fast eingeschlafen war, und wiesen unauffällig auf die merkwürdige Erscheinung, wobei sie ein leises Kichern nicht unterdrücken konnten.

Bit riss die Augen auf und starrte zum Ende der Lichtung hinüber. So etwas kannte er nur aus alten Filmen aus den achtziger Jahren. Bei dem Wesen handelte es sich zweifellos um etwas Weibliches. Ein schlaffer, weiter Rock mit Blumenmuster hing bis zu den Waden herunter. Diese waren mit grob gestrickten Kniestrümpfen bedeckt. Die Füße steckten in überdimensionalen Sandalen. Oben herum schlabberte ein weiter Pullover von undefinierbarer Farbe, der am Hals von einem großen Lappen überdeckt wurde, was die Trägerin wohl besonders modisch fand. Die Haare hätten vielleicht hübsch sein können, wenn sie nicht in einem strengen Knoten im Nacken zusammengehalten worden wären.

Plötzlich kam Bewegung in die Frau, und sie stapfte mit großen Schritten auf die Kinder zu, die sie immer noch gebannt mit den Augen verfolgten. Vor ihnen blieb sie stehen, stemmte die Hände auf die Hüften, funkelte Jenny, Sally und Bit zornig an, holte tief Luft und begann mit lauter Stimme auf sie einzureden: „Was macht ihr hier im Wald? Auf MEINER Lichtung! Ihr habt hier nichts zu suchen! Verschwindet!"

Bit ließ sich nicht einschüchtern und wandte sich höflich an die Frau: „Entschuldigen Sie, aber soviel ich weiß, ist das hier öffentlicher Wald, oder haben Sie ihn etwa gekauft?"

Die Frau räusperte sich, bevor sie antwortete: „Also, eigentlich gehört mir der Wald nicht. Ich komme nur sehr oft hierher und habe noch nie jemanden getroffen."

Jenny konnte sich eine neugierige Frage nicht verkneifen: „Wer sind Sie eigentlich?"

Die Frau hob stolz den Kopf, als sie sich vorstellte. „Emma Weißer. Vorsitzende des Umweltschutzvereins ‚Alte Eiche'."

Sally rutschte ein leises „Man sieht's" heraus, was Emma Weißer erneut in Rage brachte.

„Sei nicht so unverschämt! Die heutige Jugend hat einfach keine Manieren mehr! Man SOLL es ja sehen! Ich trage nur reine Baumwolle oder Schafwolle, ich laufe in Gesundheitsschuhen und esse nur unverseuchte Körnernahrung. Wie alt schätzt Ihr mich?"

Bit wollte nicht unhöflich sein und sagte: „Na, so zwischen fünfunddreißig und vierzig, würde ich meinen."

Emma Weißer blieb die Luft weg. „Ich bin neunundzwanzig, und jeder sagt, ich sehe höchstens wie zwanzig aus. Das kommt nur von meiner gesunden Ernährung!"

„Das müssen Blinde sein", murmelte Jenny leise vor sich hin.

Gott sei Dank hatte niemand etwas gehört, und Emma Weißer konnte mit ihrer Tirade fortfahren: „Ihr könnt hier nicht einfach herkommen und sogar ein Picknick machen! Wer weiß, wie es dann später hier aussieht! Wahrscheinlich wie ein Schlachtfeld. Man kennt das ja – alles voller Abfälle, Papier und Plastik. Womöglich verursacht ihr sogar noch einen Waldbrand. Die heutige Jugend hat ja keinerlei Respekt vor der Natur!"

Sally warf der Frau einen merkwürdigen Blick zu, dann sprach sie sie an: „Ich glaube, Sie regen sich unnötig auf. Wir räumen immer alles auf und lassen nichts zurück!"

Aber das war nur Wasser auf die Mühlen der wütenden Frau. Sie beugte sich zum Picknickkorb herunter und holte eine Flasche Limonade hervor. „Da seht ihr es! Eine Flasche! Wenn da ein Sonnenstrahl drauf fällt, dann brennt der ganze Wald, und das, wo wir die Wälder doch so nötig brauchen. Und was sehe ich hier?" Sie stürzte sich auf ein Stück Alufolie und wedelte damit in der Luft herum.

„Alufolie ... die so viel Energie verbraucht und dann jahrelang hier im Wald herumfliegt, weil sie nur so schlecht verrottet! Ihr seid verachtenswerte Bewohner dieser Erde! So etwas wie ihr gehört ausgerottet!" Schwer atmend brach die Frau ihre Rede ab.

Jetzt war auch Jenny wütend geworden. Sie sprang auf, warf ihren Kopf in den Nacken und sah die Frau herausfordernd an, während sie versuchte, einigermaßen ruhig zu sprechen: „Glauben Sie, wir wollen, dass der Wald abbrennt? Wir machen uns genauso viel Sorgen um die Natur wie Sie! So etwas lernt man doch schon im Kindergarten. Wir rennen nur nicht durch die Gegend und greifen unschuldige Menschen an. Von Höflichkeit jedenfalls haben SIE noch nie etwas gehört!"

Bevor Emma Weißer einen neuen Wutanfall bekommen konnte, griff Bit ein. Bestimmt sprach er auf die Frau ein. „Ich glaube, es ist besser, Sie gehen jetzt einfach weiter und machen, was Sie sich vorgenommen haben. Wir möchten nämlich weiteressen. Was wollen Sie überhaupt hier?"

„Ich suche Pilze", war die etwas mürrische Antwort.

Jetzt bekam Sally Oberwasser. „Ach, und das ist nicht umweltschädigend? Die armen Pilze auszurotten, nur weil Sie sie essen wollen? Das Sammeln von Pilzen ist dieses Jahr VERBOTEN, damit sich die Pilzgeflechte etwas erholen können. Sonst gibt es nämlich bald überhaupt keine mehr!"

Es war Emma Weißer anzusehen, dass sie sich recht ungemütlich fühlte. „Ihr seid ja ganz schön schlau. Auf die paar kommt es doch wirklich nicht an."

„Das sagt jeder, und schon sind es zu viele!" Sally war jetzt richtig wütend.

Emma Weißer wurde immer kleinlauter. „Irgendwie habt ihr ja schon Recht. Aber wenn man kein Fleisch isst, muss man sich sein Eiweiß eben woanders holen. Das müsst ihr doch verstehen."

Jetzt konnte sich auch Bit eine bissige Bemerkung nicht verkneifen. „Dann essen Sie eben Eier, da ist genug Eiweiß drin. Aber das ist Ihnen auf die Dauer wohl zu langweilig, nicht wahr?"

„Das ist nicht dasselbe. Ihr habt eben keine Ahnung von richtiger Ernährung. Ihr solltet mal ein Buch darüber lesen und erfahren, welche Giftmengen ihr täglich in euch hineinfuttert. Aber eines Tages werdet ihr das bereuen. Am eigenen Leib werdet ihr das spüren!" Emma Weißer hatte sich wieder in Rage geredet.

Jenny hatte jetzt endgültig die Nase voll. Sie wollte den schönen Tag genießen und sich nicht über eine verrückte Öko-Tante ärgern. „Sie haben doch gerade bewiesen, dass Sie auch zu denen gehören, die anders handeln, als sie reden! Von diesen Leuten gibt es mehr als genug. Also halten Sie jetzt den Mund, und lassen Sie uns in Ruhe! Es wird höchste Zeit!"

Emma Weißer war außer sich vor Wut. So ein unverschämtes Benehmen musste sie sich nicht gefallen lassen, vor allen Dingen nicht von drei Rotzgören, die noch keine Ahnung vom Leben hatten. Denen würde sie es schon noch zeigen! Da sie im Augenblick aber keine Ahnung hatte wie, drehte sie sich wortlos um und verschwand wieder dahin, von wo sie hergekommen war.

Jenny, Sally und Bit sahen sich an und brachen dann in ein ohrenbetäubendes Gelächter aus. Sie warfen sich auf den Boden und lachten so lange, bis sie kaum noch Luft bekamen. „Das ist doch total plemplem! Habt ihr so etwas schon mal gehört? Ich kann nicht mehr!" Sally schnappte immer noch nach Luft.

Plötzlich erstarrten alle drei in der Bewegung, die sie gerade ausführten. Was war das? Ein unheimliches Surren war zu hören, das immer lauter und lauter wurde und direkt auf die zuzukommen schien. Nach einer Schrecksekunde sprangen sie auf die Beine. „Los, schnell weg hier! Versteckt euch irgendwo im Wald!" konnte Bit noch schnell hervorstoßen, dann nahmen sie die Beine in die Hand und rannten, als ginge es um ihr Leben.

Das Geräusch wurde lauter und lauter, schraubte sich höher und höher und brach dann unvermittelt ab. Totenstille lag über der Waldlichtung.

Emma Weißer erlebt einen Schock

„Au, das tut weh! Was beißt mich denn so?" Adria rieb sich die Beine und stieß plötzlich einen schrillen Schrei aus. „Kim, Hilfe! Was ist das? Meine Beine lösen sich auf!"

Auf den Hilferuf seiner Schwester hin schüttelte Kim seine eigene Benommenheit ab und eilte ihr zu Hilfe. Überrascht starrte er auf ihre Beine: Hunderte von kleinen braunen Punkten waren darauf ständig in Bewegung. Es sah so aus, als ob sie Beine hätten. Auch der Boden um Adria herum war mit diesen seltsamen Wesen bevölkert. Was konnte das nur sein?

„So hilf mir doch!" Adria war den Tränen nahe, während sie unentwegt versuchte, die Punkte von ihren Beinen zu entfernen. Kim nahm sein buntes Halstuch ab und wischte damit, so gut er es vermochte, Adrias Beine sauber.

Endlich hörte Adria auf zu zappeln, und es schien, als ob alle Punkte verschwunden wären. Sie beruhigte sich langsam. „Was war das nur?" Misstrauisch blickte sie an sich herab, ob sich etwa doch noch irgendwo ein brauner Punkt befände. Als sie keinen mehr entdecken konnte, atmete sie erleichtert auf und sah sich um.

„Wo sind wir? Was ist los? Kim, was ist geschehen? So sag doch etwas!" Adria blickte mit solcher Panik um sich, dass man sie für wahnsinnig halten konnte.

Kim hatte die ganze Zeit wie verzaubert auf die Bäume, den Waldboden und die herumliegenden Steine geblickt. „Es hat geklappt! Wir sind in der Vergangenheit!", murmelte er leise und konnte seine Blicke dabei nicht von seiner Umgebung lösen.

„Vergangenheit?" Mit einem Schlag wurde Adria alles klar. Natürlich. Die Zeitmaschine, Onkel Daniel, der von XZ verhaftet wurde, und die große Aufgabe, die sie sich gestellt hatten. Jetzt konnte sich auch Adria bewusst die Umgebung anschauen.

So etwas hatte sie noch nie gesehen. Mit weit aufgerissenen Augen betrachtete sie ihre Umgebung. Meterlange Stämme ragten hoch in einen blauen Himmel. An den Zweigen hingen dunkelgrüne Nadeln. An anderen Stämmen wiederum schaukelten Blätter in verschiedenen Formen und Farben sachte im Wind. Eines davon glitt langsam zu Boden, wo es von einem weiteren Windstoß davongetragen wurde.

Das musste ein Wald sein. So ähnlich hatte es Adria schon auf Fotos oder alten Videos gesehen, die manchmal zur Umwelterziehung eingesetzt wurden.

Doch die Wirklichkeit war ganz anders. Jetzt konnte sie einen Wald mit ihren ganzen Sinnen erleben. Mit einem langen Atemzug sog sie die würzige Waldluft tief in ihre Lungen hinein. Der Wind fuhr in ihr Gesicht und zauste ihre Haare. Ein Sonnenstrahl flimmerte durch die Bäume und kitzelte ihre Nase. Zwei dicke Tränen rollten langsam Adrias Wangen entlang.

„Es ist einfach unbeschreiblich", murmelte sie leise. „So schön habe ich mir das alles nicht vorgestellt. Hoffentlich träume ich nicht nur."

Andächtig folgten Adrias Augen einem Schmetterling, den die milde Herbstsonne noch einmal hervorgelockt hatte. Über ihr raschelte es, und ein kleiner Vogel piepste leise, bevor er sich in die Luft schwang. Auch Kim folgte ihm mit Aufmerksamkeit. Sie waren in einer anderen Welt und hatten große Mühe, dieses Wunder zu verarbeiten.

Plötzlich wurden sie jedoch jäh aus ihrer Verzückung gerissen. Zweige knackten, und lautes Stimmengewirr näherte sich ihrem Standort. Adria und Kim starrten in die Richtung, aus der die Geräusche kamen und sahen sich unvermutet drei misstrauischen Augenpaaren gegenüber.

Vor ihnen standen zwei Mädchen und ein Junge, die sie neugierig musterten. Jenny fing sich als Erste. „Habt Ihr auch diese schrecklichen Geräusche gehört? Mir dröhnt es immer noch in den Ohren."

„Was kann das nur gewesen sein? Vielleicht ein paar Tiefflieger?" Auch Sally wollte jetzt mit diesen etwas seltsam aussehenden Fremdlingen ins Gespräch kommen. Doch diese sahen sie nur aus weit aufgerissenen Augen an und blieben stumm.

Bit kam das alles etwas merkwürdig vor, doch dann hatte er eine Idee. „Vielleicht sind sie Ausländer und verstehen uns nicht", erklärte er seinen Begleiterinnen und wandte sich dann Adria und Kim zu. „Do you speak English?" Doch diese schienen darauf noch verwirrter zu sein.

„Lass mich mal", drängte sich Jenny dazwischen. „Parlez-vous français? Parlate italiano?" Keine Reaktion.

Jenny blickte hilflos von einem zum anderen. „Kennt einer von euch noch eine andere Sprache? Griechisch, Türkisch, Russisch oder vielleicht Chinesisch?" Alle schüttelten die Köpfe.

Doch dann löste sich Kim aus seiner Erstarrung. „Gebt euch keine Mühe. Wir verstehen euch schon. Wir waren nur völlig überrascht, euch hier zu treffen. Seid uns bitte nicht böse!"

Plötzlich wurde Adria blass und begann zu zittern. „Es ist so kalt hier, und mir ist so schwindelig." Sie lehnte sich vorsichtig an ihren Bruder.

„Ihr seid auch nicht gerade richtig angezogen für diese Jahreszeit. Es ist schließlich bald Winter", konnte sich Sally nicht verkneifen zu tadeln.

Bevor Adria erklären konnte, dass sie davon keine Ahnung hätte, mischte sich Kim ein. „Ich glaube, du solltest etwas essen. Wir haben seit Stunden nichts mehr im Magen."

Adria blickte ihn dankbar an. „Du hast wahrscheinlich Recht, aber was sollen wir essen? Wir haben doch gar nichts mitgenommen."

„Kein Problem. Wir haben noch viel von unserem Picknick übrig", bot ihnen Bit großzügig an. „Was wollt Ihr haben? Brote, Kuchen oder lieber etwas Obst? Alles da, Jenny und Sally haben sich selbst übertroffen. Ihr könnt haben, was Ihr wollt. Kommt mit, der Picknickkorb steht dort auf der Lichtung."

Während sich alle auf den Weg machten, wandte sich Adria fragend an Jenny. „Was ist das alles? Brot, Kuchen oder Obst? Davon habe ich noch nie gehört. Habt Ihr keine Pillen? Auf eine rote hätte ich jetzt große Lust."

Jenny starrte sie entsetzt an. „Pillen??? Ich glaube, ich werde verrückt! Seid Ihr etwa süchtig?" Hilfesuchend wollte sie sich an Bit und Sally wenden, aber die waren schon bei ihrem Lagerplatz angekommen.

Adria murmelte reichlich verunsichert: „Süchtig? Natürlich nicht! Wie kommst du nur darauf? Wir essen immer Pillen. Was ist daran besonders?"

Inzwischen waren sie bei den anderen angekommen, wo auch Kim recht verwirrt die Reste des Mahls betrachtete. „Stellt euch vor, die hier – wie heißt ihr überhaupt? – behauptet, sie essen immer nur Pillen! Stellt euch das mal vor!"

Während Sally und Bit die beiden überrascht anstarrten, murmelte Adria: „Ich heiße Adria, und das ist mein Bruder Kim."

„Ich bin Jenny, das ist meine Freundin Sally, und der junge Herr da ist mein Bruderherz Bit. Manchmal ist er unausstehlich, aber die meiste Zeit ist er doch recht brauchbar. Aber jetzt erzählt, warum Ihr immer nur Pillen esst, das ist doch ungesund!"

„Bei uns gibt es nichts anderes." Kim fühlte sich plötzlich elend. Wie sollte er bloß alles erklären? Sicher würde ihm keiner glauben, wenn er die Ereignisse der letzten Stunden berichten würde. Das war ja alles so unwahrscheinlich, dass es das menschliche Hirn nicht zu fassen vermochte. Er war ziemlich sicher, dass er und Adria für verrückt erklärt werden würden.

Und da ging es auch schon los. „Bei euch gibt es nichts anderes? Aber wo kommt ihr denn her?" Sally überlegte, ob Adria und Kim sie vielleicht veralbern wollten, aber irgendwie machten die beiden sehr ernste und traurige Gesichter. Naja, sie würde schon noch dahinterkommen.

„Wir kommen aus Delta-City." Adrias Stimme war kaum noch ein Flüstern.

Bit sah sie mit gerunzelten Augenbrauen an. „Delta-City? Wo soll das denn sein? Auf dem Mond vielleicht? Ich hab noch nie davon gehört!"

„Nein, nicht auf dem Mond. Es ist in Deutschland, aber ... also ..." Adria brach ab und sah ihren Bruder hilfesuchend an.

Kim schüttelte seine Ängste ab und versuchte nun seinerseits eine Erklärung. „Delta-City ist hier in der Nähe. Wenn ich es mir genau überlege, muss unsere Wohnung exakt an der Stelle sein, wo wir uns getroffen haben!"

Jenny, Sally und Bit starrten Kim sprachlos an, dann tippte sich Sally an die Stirn: „Bei dir piept es wohl! Dort kann man ja nicht leben, da ist ja nur Wald! Wollt ihr nicht endlich mit dem blöden Spiel aufhören? Langsam wird es langweilig!"

Adria zuckte hilflos mit den Schultern. „Sie glauben uns nicht. Was sollen wir nur machen? Aber ehrlich gesagt, ich würde das alles auch nicht glauben. Es ist einfach zu unwahrscheinlich. Ich denke, wir verschwinden hier, vielleicht finden wir woanders jemanden, der uns helfen kann."

„Halt! Wartet!" Bit hielt Kim, der sich schon abgewendet hatte, am Ärmel fest. „Jetzt seid nicht beleidigt. Wenn ihr uns wirklich nicht nur ärgern wolltet, werden wir schon eine Lösung für euch finden. Aber zunächst solltet ihr uns erst mal alles in Ruhe erklären. Bis jetzt haben wir nämlich rein gar nichts verstanden!"

„Bitte, setzt euch. Ich habe es nicht so gemeint", Sally machte ein reumütiges Gesicht. „Ich bin richtig neugierig. Los, erzählt schon!"

Kim sah einen nach dem anderen prüfend an, dann räusperte er sich und begann: „Zuerst einmal eine Frage: Welches genaue Datum haben wir heute?"

„Heute ist der 4. November 2035. Warum willst du das wissen?" wunderte sich Jenny.

„Warte es ab. Das Datum ist das Wichtigste von allem." Kim lächelte sie kurz an, bevor er weitersprach. „Also, heute früh, als wir die Nachrichten hörten, war es auch der 4. November, allerdings hatten wir schon das Jahr 2525."

Als Kim zu Ende gesprochen hatte, herrschte minutenlanges Schweigen. Während Kim und Adria ängstlich auf die Reaktion der anderen warteten, waren diese anscheinend zu Stein erstarrt. Regungslos saßen sie da und versuchten, das Unfassbare zu begreifen. Wirre Gedanken wirbelten durch ihre Köpfe. Hatten sie richtig gehört? Konnte das wirklich wahr sein? Standen hier vor ihnen zwei Menschen aus der Zukunft? Träumten sie? Oder sollte das immer noch ein Scherz sein? Und falls es wirklich stimmte, dann war es einfach beängstigend!

Bit schüttelte als Erster den Bann von sich ab. „Sag das bitte noch einmal", wandte er sich an Kim. „Du willst mir wirklich erzählen, dass ihr aus der Zukunft kommt? Aber wie ist das möglich? Das gibt es doch gar nicht! Nun sprich doch endlich!"

Auch Jenny kam langsam wieder zu sich. „Vielleicht wird hier ein Film gedreht", sie war doch noch etwas misstrauisch.

„Nun lass Kim doch endlich erzählen! Ich will jetzt ALLES wissen!" Sally rutschte nervös auf ihrem Baumstamm hin und her.

Als Kim mit seiner Geschichte fortfuhr, hingen drei Augenpaare gebannt an seinen Lippen. „Wir sind in einer Zeitmaschine gekommen, unser Onkel hat eine gebaut. Sie ist die einzige, die es gibt, er hat sie schon seit zwanzig Jahren. Vielleicht hat er euch ja auch schon einmal besucht. Aber das ist jetzt nicht so wichtig. Das wirklich Wichtige ist, dass wir so schnell wie möglich zu Frau Präsidentin Concorde kommen, damit wir ihr erzählen können, warum wir hier sind, und dass sie uns helfen muss."

„Aber jetzt sag doch endlich auch mal uns, warum ihr hier seid", Bit blickte immer noch nicht so richtig durch.

„Wir sind gekommen, um eure Zukunft und unsere Gegenwart zu retten." Kim versuchte jetzt, alles so logisch wie möglich zu erklären. „Ihr habt keine Ahnung, wie Deutschland zu unserer Zeit aussieht. Die Welt hat sich in den letzten fünfhundert Jahren gewaltig verändert. Große Teile Europas sind untergegangen, der Rest ist Wüste. Es gibt keinerlei Pflanzen und Tiere mehr. Wir leben alle in riesigen Life-Cities und können sie nicht verlassen, weil die Luft so verpestet ist. Außerdem ist es schrecklich heiß draußen, deshalb frieren wir hier bei euch auch so. Eine solche Kälte haben wir noch nie erlebt."

Kim fröstelte und Sally und Jenny schoben ihm und Adria mitleidig ihre Jacken zu. Sie brauchtes sie nicht, denn für sie war es heute angenehm warm.

Nachdem sich Adria in die warme Jacke gekuschelt hatte, fiel ihr etwas ein. „Ich habe ein paar Fotos mitgebracht. Schaut sie euch an, vielleicht fällt es euch dann etwas leichter, uns zu glauben." Sie schob Bit die Fotos zu.

Während sich Jenny, Sally und Bit die Bilder betrachteten, wurden ihre Gesichter immer länger. Das sollte ihr Deutschland sein? Sie wollten es nicht glauben. Ihre Blicke schweiften über die Lichtung hinweg zum Wald, der von der langsam untergehenden Sonne in rötlich-goldenes Licht getaucht war. Das alles sollte es nicht mehr geben? Hier an dieser Stelle sollten riesengroße Wohnblöcke stehen, und um sie herum sollte nur noch Wüste sein? Ungläubig schüttelten sie die Köpfe. Sie schauderten. Doch warum sollte es nicht wahr sein? War es nicht genau das, wovor Wissenschaftler und Umweltschützer schon seit Jahren warnten?

„Und was habt ihr jetzt vor?", fragte Jenny und schaute erwartungsvoll zu Kim.

„Wir wollen mit den Bildern zu Präsidentin Concorde gehen und ihr zeigen was passiert, wenn jetzt nichts getan wird. Das muss doch gehen, oder?" Adria blickte die anderen fragend an.

Jenny schüttelte den Kopf. „Das wird nicht gehen. Erstens ist sie die am besten bewachte Person Europas, und zweitens lebt sie in Paris."

„Ist das weit von hier?", fragte Kim. „Wo sind wir hier überhaupt?"

„Das ist ganz schön weit von hier. Wir sind in Dietzenbach, das ist in der Nähe von Frankfurt."

„Was??? Verdammt, wir hätten uns besser vorbereiten müssen! Und was jetzt?" Adria war den Tränen nahe.

Tröstend legte Jenny ihren Arm um sie. „Jetzt esst erst mal etwas. Das haben wir vor lauter Reden ganz vergessen. Ich weiß ja nicht, ob ihr unser Essen vertragt, aber versuchen müsst ihr es auf jeden Fall, sonst verhungert ihr ja. Fangt mit etwas trockenem Kuchen an und kaut schön langsam. Wenn ihr etwas im Magen habt, wird es euch besser gehen, und uns fällt in der Zwischenzeit vielleicht etwas ein."

Während Adria und Kim langsam ihr ungewohntes Mahl zu sich nahmen, dachte Bit fieberhaft nach. Es gab eigentlich nur eine Möglichkeit – aber ob sie damit Erfolg haben würden, wusste er nicht. Er fragte die anderen: „Ich glaube, wir sollten es tatsächlich bei Präsidentin Concorde versuchen. Was meint ihr?"

Bevor jedoch noch irgendjemand antworten konnte, stand Emma Weißer wie ein Racheengel vor ihnen und begann mit schriller Stimme eine ihrer üblichen Tiraden:

„So, nun habt ihr euch also auch noch zusammengerottet, damit ihr es leichter habt, den Wald zu stören! Jetzt kommt sicher noch ein hübsches Lagerfeuer dran oder eine Nachtwanderung quer durch den Wald. Das scheucht ja die Tiere so schön auf!"

Als Emma Weißer kurz Luft holte, um mit einer neuen Beschimpfung zu beginnen, sprang Jenny auf und stellte sich mit blitzenden Augen vor sie hin. „Wenn Sie jetzt nicht endlich mit Ihren Anschuldigungen aufhören, vergesse ich mich! Wir haben genug Probleme, auch ohne Sie! Da, schauen Sie sich das an, dann wissen Sie, wie Deutschland in ein paar Jahren aussieht. Dann ist Schluss mit Pilze sammeln, und mit Ihnen wahrscheinlich auch! Da nützt Ihnen Ihr ganzes Geschrei nichts. Sie sollten lieber etwas tun! Das wäre viel wichtiger!"

Jenny drückte der überraschten Emma Weißer ein paar der Fotos in die Hand, die diese vor Schreck verstummt ungläubig betrachtete.

„Soll das ein Witz sein?", fragte sie nach einer Weile und blickte leicht verstört von einem zum anderen.

Bit stand auf und näherte sich ihr. „Wenn Sie versprechen, nicht wieder zu schreien und sich höflich mit uns zu unterhalten, dann werde ich Ihnen alles erzählen. Sie kennen sich ja mit dem Umweltschutz ganz gut aus. Und so könnte es sein, dass Ihre Hilfe uns sehr nützlich wäre."

Emma Weißer war verblüfft. So hatte noch keiner gewagt, mit ihr zu reden. Da sie aber sehr neugierig war, nickte sie nur stumm und folgte Bit, der etwas zur Seite gegangen war. Die anderen beobachteten, wie Bit eine Weile auf sie einredete. Hin und wieder schüttelte Emma Weißer den Kopf und blickte Kim und Adria misstrauisch an, und auf einmal sank sie lautlos zu Boden.

Emma Weißer war ohnmächtig geworden.

Adria und Kim kommen aus dem Staunen nicht mehr heraus

„Das war wohl zu viel für unsere fleißige Ökotante", konnte sich Jenny nicht verkneifen. „Vielleicht hätte Bit etwas sanfter mit ihr umgehen sollen. Kommt, wir machen Wiederbelebungsversuche!"

Die Kinder rannten zu der Stelle, wo Bit immer noch etwas hilflos auf die zusammengesunkene Gestalt zu seinen Füßen blickte. Sally ging leicht grinsend zu Emma Weißers Kopf. „Das wird ihr wieder auf die Beine helfen", sagte sie vergnügt und goss ihr einen Schwall aus der Limonadenflasche mitten ins Gesicht.

Der Erfolg ließ nicht lange auf sich warten. Unter Prusten und Stöhnen kam Emma Weißer wieder zu sich. „Was ist passiert? Pfui, was klebt denn hier überall?" Angeekelt versuchte sie, die klebrige Flüssigkeit aus ihrem Gesicht zu entfernen.

„Es tut uns leid, aber wir mussten Sie schließlich wiederbeleben. Wasser war leider keines da", erklärte ihr Sally heuchlerisch. Die anderen versuchten verzweifelt, ein Kichern zu unterdrücken, aber Emma Weißer bemerkte doch etwas.

Wütend sprang sie auf die Beine. „Das habt ihr absichtlich gemacht! Mein ganzer Pullover ist versaut! Ihr wisst doch, wie vorsichtig man Wolle behandeln muss. Gebt es zu. Ihr habt mir nur deshalb eine so haarsträubende Geschichte erzählt, damit ihr mir einen Schreck einjagen könnt, was euch ja auch gelungen ist! Ihr seid ein ganz widerliches Pack! Ich hätte vor Schreck tot umfallen können, und dann wärt ihr alle Mörder! Jawohl, Mörder!"

Sie holte nur kurz Luft, dann ging die Tirade weiter. „Ich werde eure Eltern verständigen! Und Anzeige bei der Polizei werde ich auch erstatten! Von EUCH lasse ich mir das nicht gefallen! Ich habe große Einflüsse bei allen Parteien. Ihr werdet schon noch sehen, was ihr von euren frechen Streichen habt! So wahr ich Emma Weißer heiße!"

Bit hob beschwichtigend die Hände. „Bitte, glauben Sie uns doch. Wir wollten Sie wirklich nicht ärgern. Was denken Sie denn, was wir für einen Schrecken bekommen haben, als Sie plötzlich wie tot vor uns lagen. Wir mussten Sie doch irgendwie wiederbeleben. Und wir wollten Sie ja auch um Hilfe bitten, wo Sie doch so gute Beziehungen haben. Wer könnte uns denn sonst helfen? Bitte, seien Sie nicht böse mit uns, es war wirklich keine Absicht dabei!"

Die anderen nickten bestätigend dazu. Emma Weißer fühlte sich geschmeichelt. „Dann ist also wirklich alles wahr, was ihr mir erzählt habt? Wird es wirklich so grauenhaft werden? Und ihr seid tatsächlich in einer Zeitmaschine gekommen?"

Kim sah ihr in die Augen, als er ihr antwortete. „Es stimmt wirklich alles! Warten Sie, ich hole die Zeitmaschine, vielleicht glauben Sie uns dann!" Mit diesen Worten rannte er zurück in den Wald und kam nach kurzer Zeit mit einem aktenkofferähnlichen Behälter und einem Kabelgewirr zurück.

In dem Moment stieß Adria einen spitzen Schrei aus und versteckte sich hinter Jenny. „Hilfe!!! Da sind schon wieder Tausende von den kleinen Punkten!"

„Das sind doch nur Ameisen", lachte Jenny. Aber auch sie trat vorsichtshalber einen Schritt zurück. „Wahrscheinlich seid ihr in einem Ameisenhaufen gelandet, dem Vorläufer eurer Wohnkomplexe!" Sie musste immer noch lachen, aber Adria fand das gar nicht lustig. „Ich dachte, meine Beine würden sich auflösen, so hat das gepiekt!"

„Sie sind ganz harmlos. Es ist nur ein bisschen Säure, was so brennt. Es soll aber sehr gesund sein", versuchte Sally sie zu beruhigen. „Sollten wir nicht langsam gehen? Es wird dunkel."

„Aber wohin denn?" Kim hatte inzwischen die Zeitmaschine vorsichtig in den Behälter gepackt. Jetzt blickte er ratlos von einem zum anderen. Ja, da war guter Rat teuer. Alle sahen sich unsicher an.

Doch dann kam ein Angebot von unerwarteter Seite. „Ihr könnt bei mir übernachten. Ich habe genug Platz", ließ sich Emma Weißer vernehmen. „Dann erzählt ihr mir alles noch einmal ganz ausführlich, und wir können uns überlegen, wie es weitergehen soll. Auf jeden Fall muss ich das Ganze meinem Umweltverein vortragen."

„Das wäre sehr lieb von Ihnen. Ich wüsste nicht, was wir sonst hier in der Kälte machen könnten." Adria blickte sie dankbar an.

„Also, dann packt alles zusammen, und lasst uns aufbrechen!" Schnell waren die Reste des Picknicks wieder im Korb verschwunden, und die Lichtung lag unberührt im aufsteigenden Abendnebel.

Bis zum Waldrand gingen alle gemeinsam, doch dann musste jeder in eine andere Richtung. „Ich wohne im Birkenweg 9. Wenn Ihr wollt, könnt Ihr morgen so gegen 10 vorbeikommen, um zu hören, wie es weitergeht", schlug Emma Weißer den drei Kindern vor. Dann verabschiedeten sie sich, und Adria und Kim folgten Emma Weißer ins Ungewisse.

Nach ein paar Minuten kamen sie zu einem strohbedeckten Häuschen, das von einem großen Garten mit vielen alten Obstbäumen umgeben war. Im Dämmerlicht glühten noch vereinzelte Blüten von Astern und Dahlien auf. Über allem lag eine fast traumhafte Stille.

„So, wir sind da. Kommt hier entlang." Emma Weißer öffnete ein kleines Gartentürchen und führte Adria und Kim über einen schmalen Kiesweg zu einer hölzernen Haustüre.

„Hier wohnen Sie? In so einem kleinen Haus? Und sonst kein einziges Haus in der Nähe?" Kim konnte sich gar nicht beruhigen. Das war alles viel zu ungewohnt für ihn.

„Es ist wunderschön hier!" Adria betrachtete andächtig dieses kleine Weltwunder. „Wenn wir doch nur auch so leben könnten! Nachdem ich das hier gesehen habe, werde ich mich noch weniger wohlfühlen in Delta-City!" Kim teilte Adrias Bewunderung.

Während die beiden sich in Ruhe alles ansahen, hatte Emma Weißer die Haustüre geöffnet. Plötzlich sauste ein goldrotes Etwas zur Türe heraus und stürzte sich auf Adria, die vor Schreck laut schreiend zu Boden fiel.

„Lumpi, Fuß!", schrie Emma Weißer. Der Spaniel ließ ungern von seinem Opfer ab und wandte sich seinem Frauchen zu, aber nicht ohne vorher noch einmal mit seiner Zunge über Adrias Gesicht zu fahren, was diese zu noch lauterem Schreien veranlasste. Kim stand wie erstarrt daneben und war nicht fähig, helfend einzugreifen.

„Entschuldigt bitte. Ich hätte daran denken müssen, dass ihr ja keine Hunde kennt. Komm, steh auf, ich stelle euch Lumpi vor." Emma Weißer half Adria auf und rief ihren Hund. „Komm her, Lumpi. Das sind unsere Gäste. Begrüße sie!"

Schwanzwedelnd kam der Hund näher und beschnupperte Kim und Adria, die sich nicht zu rühren wagten. Dann setzte er sich vor sie hin und bellte herausfordernd, denn er wollte gestreichelt werden. Aber dazu hatten die beiden viel zu viel Angst. Wer weiß, ob dieses seltsame Wesen nicht plötzlich seine Zähne benutzen würde, die scharf und spitz in seiner Schnauze zu sehen waren.

„Ihr müsst wirklich keine Angst haben. Er beißt nicht. Streichelt ihn einmal, er hat ganz weiches Fell." Emma Weißer gab ihrem Hund ein paar liebevolle Klapse. Zögernd streckte Adria ihre Hand aus und fuhr vorsichtig in das schimmernde Hundefell. Es fühlte sich wunderbar an. Lumpi genoss diese Aufmerksamkeit und versuchte, nun auch von Kim gestreichelt zu werden. Behutsam folgte Kim dieser Aufforderung.

Unvermutet sprang der Hund auf und rannte ins Haus. Verdutzt blickten ihm Adria und Kim nach. Emma Weißer lachte. „Es ist seine Fressenszeit, da ist er immer besonders hungrig. Jetzt kommt mit ins Warme. Ihr werdet sicher müde sein, und Hunger werdet ihr auch haben. Es gibt Grünkernfladen mit Rote Bete-Salat."

Während Emma Weißer das Haus betrat, sahen sich Adria und Kim hilflos an. Was das nun wieder war? Grünkernfladen? Naja, sie würden es ja sehen.

„Ich glaube, wir werden noch sehr viel lernen müssen. Mit so viel Ungewöhnlichem habe ich nicht gerechnet!" Kim runzelte sorgenvoll die Stirn.

„Wir hatten ja auch überhaupt keine Zeit, uns vorzubereiten. Es musste doch alles so schnell gehen. Wir werden es schaffen! Bis jetzt haben wir doch Glück gehabt", tröstete Adria ihren Bruder. Dann betraten sie zum ersten Mal in ihrem Leben ein Einfamilienhaus.

In der gemütlichen Wohnküche richtete Emma Weißer das Abendbrot, wobei Lumpi sie nicht aus den Augen ließ. Kim und Adria sahen sich staunend um. Die Einrichtung war für ihre Augen sehr ungewöhnlich. Alle Möbel waren aus Holz und schimmerten matt im Lampenlicht. Die übrigen Küchengeräte standen in Regalen oder hingen an der Wand. Was für einen Sinn die meisten hatten, war Kim und Adria völlig unklar. Ihre Küche zuhause war nur eine kleine Kammer mit wenig Inhalt. Zur Zubereitung eines Pillenmenüs brauchte man schließlich nicht viel.

„Setzt euch, das Essen ist gleich fertig!", forderte Emma Weißer sie auf, während sie einen Grünkernfladen in der Pfanne umdrehte. Ein leckerer Duft durchzog die Küche und ließ Lumpi sichtbar das Wasser im Munde zusammenlaufen. Bettelnd scharrte er mit der Pfote. „Sei ruhig, dein Essen kommt später. Ab ins Körbchen!" Emma Weißer trug eine Platte mit Fladen zum Tisch. Lumpi dachte gar nicht daran zu gehorchen. Unauffällig setzte er sich neben Adria und sah mit bettelnden Hundeaugen zu ihr auf. Schon etwas mutiger geworden, streichelte sie seinen Kopf.

Emma Weißer setzte sich jetzt auch, nachdem sie noch eine große Salatschüssel auf den Tisch gestellt hatte. Sie legte Adria und Kim einige Fladen und ein paar Löffel Salat auf die Teller. „Lasst es euch schmecken. Es ist alles sehr gesund. Esst aber nicht zu viel, eure Mägen sind schließlich nicht an diese Nahrung gewöhnt."

„Frau Weißer, was soll ich denn damit machen?" Ratlos hielt Adria das Besteck in der Hand.

„Ihr könnt ruhig Emma zu mir sagen, das ist netter als das Sie." Dann zeigte sie, wie man Messer und Gabel benutzt. Kim hatte die Methode bald raus und konnte das erste Stückchen Fladen in den Mund stecken.

Ein seltsames Gefühl, diese Körner zu kauen. Der Kuchen im Wald war weich gewesen und hatte sich bald im Mund aufgelöst. Bei diesen Fladen musste man aber ganz schön kauen, so dass die völlig untrainierten Kaumuskeln bald zu schmerzen begannen. Der Geschmack war aber nicht schlecht. Jedenfalls besser als Menü Lila.

Jetzt versuchte Kim auch eine Gabel Rote Bete-Salat. Der erdige Geschmack der Rüben verursachte ihm leichte Übelkeit, doch der Schock des Abends sollte erst noch kommen. Plötzlich durchzog ein scharfes Brennen seinen Mund, das bei jedem Biss schlimmer wurde. Vorsichtig schob er den Inhalt seines Mundes von einer Backenseite zur anderen. Langsam ließ das Brennen nach. Doch jetzt liefen ihm Tränen aus den Augen. „Was ist denn los mit dir?", flüsterte Adria ihm leise zu.

„Später – aber iss bloß nichts von dem Salat", antwortete Kim ebenso leise. Emma hatte von dem Gespräch nichts bemerkt, weil sie gedankenverloren auf ihrem Fladen kaute.

Adria wollte Emma nicht beleidigen und den Salat übriglassen. Andererseits wollte sie ihn aber nach Kims Warnung nun auch nicht mehr essen. Was sollte sie nur machen? Lumpi versuchte immer noch zu betteln, was Adria auf eine Idee brachte. Als Emma wieder zum Herd ging, um neue Fladen zu holen, nahm Adria den Salatteller und hielt ihn dem Hund unter die Schnauze und im nächsten Moment war der Teller leer geschleckt.

Kim grinste und versuchte nun seinerseits denselben Trick. Doch er hatte Pech. Lumpi schnupperte nur einmal kurz daran, dann zog er ein Gesicht und wandte sich ab. Es sah so aus, als hätte ihm der Salat auch nicht geschmeckt. Schnell setzte Kim den Teller wieder auf den Tisch, denn Emma kehrte vom Herd zurück.

Plötzlich schaute sie sorgenvoll auf Adrias leeren Salatteller. „Ich glaube, du hättest lieber nicht so viel Salat essen sollen. Mir ist gerade erst eingefallen, dass ich Zwiebeln hineingetan habe, und die sind sicher nichts für euch. Ich fürchte, du wirst Bauchschmerzen bekommen. Ich mach dir gleich einen Tee."

Der Tee schmeckte scheußlich, aber Emma sorgte dafür, dass Adria jeden Tropfen trank, obwohl sie eine Grimasse nach der anderen zog. Kim, der sie kurz vorher noch um ihre elegante Salatbeseitigungsmethode beneidet hatte, sah spöttisch zu.

Nachdem das Essen beendet war, versuchten Kim und Adria noch beim Geschirrspülen zu helfen. Da es eine ungewohnte Arbeit für sie war, machte es ihnen viel Spaß. Allerdings brauchten sie wesentlich länger dazu als andere Leute.

Später setzten sie sich noch eine Weile zusammen, und Kim und Adria berichteten noch einmal ausführlich von ihrem Leben in Delta-City und warum sie gekommen waren. Sie erzählten von ihren Hoffnungen und Erwartungen, die sie an ihre Reise in die Vergangenheit stellten. Hoffentlich würde alles gut ausgehen. Im Moment konnten sie sich das allerdings nicht vorstellen. Sie waren einfach nur müde – viel zu müde.

„Ihr schlaft ja fast ein! Zeit, ins Bett zu gehen!" Emma hatte bemerkt, dass die Aufmerksamkeit ihrer Gäste zusehends nachließ. „Zuerst schlaft ihr euch jetzt mal aus. Ich werde noch ein paar Telefonate führen, dann können wir morgen vielleicht schon etwas unternehmen. Kommt mit, die Gästezimmer sind oben!"

Müde folgten Kim und Adria Emma eine steile Stiege hinauf. Oben wurden sie in zwei niedliche Zimmer geführt, in die durch die schrägen Dachfenster mildes Mondlicht fiel.

Ohne sich über das Schlafen in einem weichen Bett ohne Sauerstoffreduzierung zu wundern, fielen sie in eine Traumwelt, sobald ihre Köpfe die Kissen berührten. Emma deckte die beiden zu, betrachtete kopfschüttelnd die Schlafenden und verließ leise das Zimmer.

Es tut sich etwas

Als Adria am nächsten Morgen erwachte, blickte sie verblüfft um sich. Wo war sie? Diesen Raum hatte sie noch nie gesehen. Durch das Fenster kamen ein paar vorwitzige Sonnenstrahlen, die lustige Kringel auf ihrer Bettdecke hervorriefen. Worin lag sie denn da überhaupt? Eine riesige Federdecke bedeckte ihren Körper. Es fühlte sich weich und warm an. Wieso lag sie nicht in ihrer Schlafkoje? Verwirrt folgten ihre Augen den Sonnenstrahlen, und dann fiel ihr schlagartig alles ein. Sie war ja bei Emma Weißer in der Vergangenheit und sie sollte eine große Aufgabe erfüllen!

Jetzt war sie hellwach. Sie hatte so gut geschlafen wie noch nie in ihrem Leben und fühlte sich jetzt stark genug, es mit allen Problemen aufzunehmen. Schnell schlüpfte sie aus dem Bett. Wo war ihr Overall? Sie konnte ihn nirgends finden. An seiner Stelle lagen eine Jeans und ein dicker, bunter Wollpullover da. Adria blieb nichts anderes übrig, als diese anzuziehen. Der Pullover war etwas zu groß, aber die Hose passte prima. Adria war dankbar für den warmen Pullover, denn gestern hatte sie doch sehr gefroren.

Als sie fertig war, öffnete sie vorsichtig die Zimmertür und schaute auf den Flur. In diesem Moment hörte sie Emma von unten nach ihnen rufen. Da öffnete sich auch schon Kims Türe und Adria starrte ihn überrascht an. Er schien über Nacht größer geworden zu sein. Er trug jetzt einen dunkelgrünen Pullover, der ihm mindestens zwei Nummern zu groß war, und die braunen Hosenbeine schleiften auf dem Boden.

Adria lachte, und dann gingen sie gemeinsam in die Küche, wo Emma schon mit dem Frühstück wartete. „Ich habe wunderbar geschlafen!", sagte Kim, während er vorsichtig an einem Brötchen knabberte. Es schmeckte ausgezeichnet und schien keine verborgenen Überraschungen zu enthalten wie der Salat gestern Abend.

„Ich habe schon viel telefoniert. Alle sind entsetzt und wollen uns auch helfen. Aber keiner glaubt so richtig daran, dass wir wirklich etwas erreichen werden."

Kim blickte entmutigt von seiner Kaffeetasse auf. „Aber was können wir denn machen? Uns ist hier alles so fremd, dass wir sicher nicht sehr weit kommen werden. Wenn doch Onkel Daniel mitgekommen wäre, wie er es vorhatte! Er kennt sich hier aus, er war schließlich schon oft auf Zeitreisen."

Adria schüttelte den Kopf. „Ich bin auch traurig, dass Onkel Daniel nicht bei uns ist. Wer weiß, was XZ mit ihm gemacht hat. Aber ich wundere mich über dich. Du gibst doch sonst nicht so schnell auf! Wir werden es schaffen! Wir müssen uns nur anstrengen und gut überlegen. Zuerst brauchen wir wärmere Kleidung. Vielen Dank Emma, für den warmen Pullover, er ist wunderbar und schon eine große Hilfe. Dann brauchen wir einige Nahrungsmittel, und damit werden wir schon irgendwie weiterkommen. Ich bin sicher, Emma wird uns erklären, wo wir hinmüssen!"

„Du überraschst mich, Schwesterchen, du bist ja richtig mutig, und deine Ideen sind auch nicht schlecht. Auf diese Weise tun wir wenigstens etwas!"

Emma hatte bisher zu dem Gespräch der Geschwister geschwiegen. Jetzt mischte sie sich ein. „Wohin wollt ihr denn?"

Adria zögerte kurz, dann gab sie sich einen Ruck. „Wir sollten es doch bei der Präsidentin Concorde probieren. Vielleicht können wir sie überzeugen!"

Emma nickte dazu bestätigend. „Ich glaube auch, dass das im Augenblick die einzige Möglichkeit ist. Wenn es nicht klappt, müssen wir uns etwas anderes ausdenken. Dann sollten wir wohl die Bevölkerung der ganzen Welt informieren. Wenn die Menschen euch glauben, dann wird es einen so großen Aufstand geben, dass die Politiker einfach handeln müssen!"

Kim stimmte begeistert zu. „Prima. Genau das werden wir tun! Aber zuerst versuchen wir es mit der Präsidentin."

„Wenn ihr nichts dagegen habt, würde ich euch gerne helfen." Emma blickte von einem zum anderen, und als beide nickten, fuhr sie fort: „Ich habe einen kleinen Bus, darin könnte ich euch in die Hauptstadt Paris fahren. Wenn ihr wollt, können wir auch Jenny, Sally und Bit mitnehmen, falls ihre Eltern das erlauben."

„Wunderbar! Sie sind multikeyonal!" Adria war aufgesprungen und wirbelte die verdutzte Emma im Kreis herum.

„Ich bin multi … was?", fragte diese, als sie wieder zu Atem gekommen war. „Multikeyonal bedeutet einfach das Allergrößte. Wir sagen das nur bei ganz besonders außergewöhnlichen Gelegenheiten. Sie dürfen sich also geschmeichelt fühlen!" erklärte Kim das seltsame Wort. „Sie haben es wirklich verdient! Jetzt müssen wir uns keine Sorgen mehr machen. Mit Ihrer Hilfe werden wir es schon schaffen, und wenn Jenny, Sally und Bit auch noch mitkönnten, wäre das einfach super!"

Emma fühlte sich sehr geschmeichelt bei dieser Lobeshymne. Natürlich wollte sie den Kindern helfen. Natürlich wollte sie auch der Welt und der Zukunft helfen. Im Augenblick fand sie aber eine Fahrt nach Paris zur europäischen Regierung viel interessanter. Hoffentlich würden sie die Präsidentin wirklich sehen und sprechen können. Dann würde sie sicher kein Mensch mehr auslachen. Und dann wäre sie ganz bestimmt die berühmteste Bewohnerin des kleinen Städtchens, in dem sie lebte.

Während Emma so ihren Träumen nachhing, genossen Kim und Adria das Frühstück. Sie fanden immer mehr Gefallen an fester Nahrung und hatten wirklich das Gefühl etwas zu essen! Da wusste man wenigstens, wozu man Zähne besaß.

Als es plötzlich an der Tür läutete, zuckten alle erschrocken zusammen. Emma öffnete und ließ Sally, Jenny und Bit ein, die recht verfroren vor der Tür standen.

Es gab eine lebhafte Begrüßung. Alle redeten durcheinander. Sally wollte wissen, wie die beiden geschlafen hatten, Jenny, wie das Essen geschmeckt hatte und ihnen bekommen war, und Bit wollte sofort etwas unternehmen.

Schließlich hatten sich alle etwas beruhigt und hörten aufmerksam zu, als Emma ihren Plan vortrug. Sie waren davon hellauf begeistert. Hoffentlich würden sie die Erlaubnis ihrer Eltern bekommen! Es waren zum Glück ja noch Ferien. So schnell wie sie gekommen waren, waren sie wieder verschwunden, um ihre Eltern zu fragen und gegebenenfalls ihre Sachen zu packen.

Sobald die drei fort waren, setzte auch bei Emma eine fieberhafte Geschäftigkeit ein. Sie rannte die Treppen hinauf und herunter, schleppte Taschen und Kleidungsstücke und stolperte dabei fortwährend über Lumpi, der sie nicht aus den Augen ließ, weil er fürchtete, nicht mitgenommen zu werden.

Endlich war alles fertig. Mühsam wurden die Taschen im alten VW-Bus verstaut, und gerade, als alles fertig war, kamen Sally, Jenny und Bit angerannt. Leicht japsend versuchten sie zwischen einzelnen keuchenden Atemzügen mitzuteilen, dass sie auch mitkommen durften.

So wurden auch ihre Taschen eingeladen, und jeder suchte sich einen Platz. Zum Schluss sprang Lumpi mit einem riesigen Satz auf die Kinder und versuchte, seine Freude durch Schwanzwedeln und Abschlecken kundzutun, wobei er mal dem einen, mal dem anderen entweder mit der Zunge oder mit dem Schwanz übers Gesicht fuhr.

Und dann war es so weit. Emma startete den Motor, und das Auto rollte Richtung Paris einer ungewissen Zukunft entgegen.

In der Hauptstadt Europas

Mit sorgenvoller Miene machte sich Präsidentin Sophie Concorde auf den Weg zum Sitzungssaal. Heute hatte sie einen langen Arbeitstag vor sich, an dem eine Besprechung die andere jagen würde. Wenn sie bloß wüsste, ob ihre Entscheidungen immer die richtigen waren!

Ein leiser Seufzer kam über ihre Lippen. Sie konnte es immer noch nicht fassen, dass sie in ihrem Alter die Präsidentin der Vereinigten Staaten von Europa war. Dabei war das alles fast zufällig geschehen. Sophie hatte sich für „Fridays for Future" engagiert und war bald das Gesicht dieser Bewegung geworden. Sie wurde zu Talkshows eingeladen, und da sie fünf Sprachen beherrschte, wurde sie auch in anderen europäischen Ländern bekannt. Als die ersten europäischen Präsidentschaftswahlen anstanden, wurde sie überredet, sich zur Wahl zu stellen. Da sie schlecht Nein sagen konnte, stimmte sie zu. Und schon war sie gewählt! Wahrscheinlich hatten die Wähler von den alten weißen Männern genug und wollten eine neue Art von Politikern. Am Anfang lief auch alles gut und sie konnte viele ihrer Ideen umsetzen, aber in den letzten zwei Jahren hatte sich etwas verändert.

Die vielen Probleme, mit denen sie sich täglich herumzuschlagen hatte, begannen ihr über den Kopf zu wachsen. Dabei hatte sie in ihren beiden Ministern, Herrn Lupus und Frau Doktor Leblon zwei Personen zur Seite, die ihr die meisten Schwierigkeiten abnahmen. „Ich bin undankbar!", dachte sie und schüttelte ihren Kopf, wobei ihre halblangen schwarzen Haare nach hinten flogen. „Ich grüble zu viel!", dachte sie und setzte entschlossen ihren Weg fort.

Sophie war klein und zierlich. Niemand sah ihr an, dass sie die Herrscherin eines ganzen Kontinents war. Mit ihren hohen Backenknochen und den lebhaften schwarzen Augen sah sie eher wie eine feurige Andalusierin aus. Sie trug zwar äußerst elegante Kleider, aber irgendwie vermittelten diese den Eindruck, als ob sie gerade eine wilde Jagd hinter sich hätte. Minister Lupus hatte sie deshalb schon oft kritisiert.

„Puh, der alte Nörgler. Immer hat er etwas an mir auszusetzen!" Wieder schüttelte sie ihren Kopf. „Eigentlich sollte ich mich langsam gegen seine Bevormundung wehren. Schließlich bin ich alt genug!" Sie war gerade vierundzwanzig Jahre alt geworden, und das war vielleicht doch nicht das richtige Alter für eine Herrscherin.

„Trotzdem, er muss endlich lernen, dass ich auch eine eigene Meinung habe! Ich weiß ja, dass er mir treu zur Seite steht und ich viel von ihm lernen kann und muss, und dass er sich in der Politik viel besser auskennt als ich, aber über meine Kleidung und meine Haare bestimme ich!"

Entschlossen warf Sophie ihre Haare in den Nacken und betrat schwungvoll den Sitzungssaal. Sie eilte an den langen Stuhlreihen vorbei, bevor sie sich mit einem Plumps auf den Sitz des Vorsitzenden fallen ließ.

„Gut, dass Minister Lupus das nicht gesehen hat", sie kicherte leise vor sich hin. Und dann, um ihrem wenig respektvollen Benehmen noch die Krone aufzusetzen, legte sie beide Füße auf den wunderbaren, mit Intarsien verzierten, glänzend polierten Tisch.

In diesem Augenblick klopfte es geräuschvoll an die Tür des Saales, und Sophie hatte gerade noch Zeit, die Füße unter dem Tisch zu verstecken, bevor mit einer knappen Verbeugung Minister Lupus eintrat.

Mit gerötetem Gesicht und etwas verlegen begrüßte sie den Minister. Dieser begann sich Gedanken zu machen, denn irgendwie schien ihm die Präsidentin nicht so fügsam zu sein wie sonst. Er spürte einen Anflug von Trotz in ihr. Heute würde er besonders auf der Hut sein müssen.

Doch bevor er sich weiter seinen Kopf zerbrechen konnte, klopfte es wiederum, und die Ministerin Frau Doktor Leblon kam herein. Sie war eine wunderschöne Frau mit klaren Gesichtszügen und anmutigen Bewegungen. Ihre langen roten Haare trug sie hochgesteckt, was ihr schmales, intelligentes Gesicht noch betonte.

Mit einem freundlichen Lächeln begrüßte sie die Präsidentin. Dann wandte sie sich Minister Lupus zu, musterte ihn mit ihren jetzt ironisch blickenden großen grünen Augen und nickte ihm knapp zu.

Obwohl Minister Lupus diese Frau hasste, konnte er sich doch nie von ihrem Anblick losreißen. Auch jetzt verfolgte er sie mit den Augen, während sie sich graziös neben der Präsidentin niederließ.

„Wir sollten anfangen", seufzte diese, „sonst werden wir heute nicht fertig. Was liegt an, Frau Doktor Leblon?"

„In England hat es wieder einen Reaktorunfall gegeben. Zweihundert Quadratkilometer sind akut verseucht. Gott sei Dank hat ein starker Regen die radioaktive Wolke abregnen lassen, sodass sie sich nicht weiter verteilen konnte!"

„Das ist schon der dritte Unfall in fünf Wochen!" Die Präsidentin runzelte die Stirn. „Irgendjemand scheint in England sehr nachlässig zu sein. Bilden Sie eine Untersuchungskommission, Frau Doktor Leblon, und stellen Sie die Schuldigen vor Gericht. Das sind wir unserer Umwelt schuldig."

Minister Lupus war blass geworden. Eine Untersuchungskommission war das Letzte, was er zurzeit brauchen konnte. Er musste dies unbedingt verhindern.

„Meine Damen", sprach er mit öliger Stimme, „ich habe sofort, als ich davon hörte, einen zuverlässigen Mitarbeiter nach England geschickt. Soeben hat er mir telefonisch berichtet, dass der Störfall durch Blitzschlag verursacht wurde. Wir können uns also eine Untersuchung ersparen, und es muss niemand bestraft werden."

„Sie sind immer so menschenfreundlich, Minister Lupus. Ich danke Ihnen für Ihr schnelles Handeln." Während die Präsidentin ihren Minister lobte, sah dieser aus wie eine Katze, die gerade Sahne geschleckt hatte.

Doch er hatte sich zu früh gefreut. Frau Doktor Leblon war nicht so leicht abzuschütteln. „Ich werde mich trotzdem noch einmal selbst informieren. Diese Unfälle ereignen sich einfach zu häufig!"

Minister Lupus nickte dazu. Eigentlich hatte er auch nichts anderes erwartet. „Immer noch die alte Skeptikerin! Wollen Sie sich nicht einmal in meinem Haus auf den Malediven erholen? Ich stelle es Ihnen gerne zur Verfügung. Vielleicht sind Sie nach einem längeren Urlaub nicht mehr so verbiestert."

„Das ist ein großzügiges Angebot", stimmte die Präsidentin zu.

„Sie können gerne Urlaub haben, Frau Doktor Leblon. Ihr letzter ist ja schon drei Jahre her."

Frau Doktor Leblons Augen sprühten Blitze. „Vielen Dank, aber ich pflege mir meine Urlaubsziele selbst auszusuchen und auch selbst zu bezahlen! Und jetzt sollten wir weiterarbeiten, mein lieber Lupus. Das hier wird Sie besonders interessieren. Im Rhein ist gerade wieder ein großes Fischsterben entdeckt worden. Aller Wahrscheinlichkeit nach ist es von CBTG verursacht worden."

In Minister Lupus' kalten Augen flackerte es kurz auf, bevor er sich mit einem beruhigenden Lächeln an die Präsidentin wandte. „Das kann auf gar keinen Fall stimmen! Der Direktor von CBTG ist mein bester Freund. Er würde niemals nachlässig mit seinen chemischen Abfällen umgehen. Erst gestern hat er eine Million in die Umweltkasse gespendet. Er liebt die Natur sehr. Im Winter fährt er immer Ski, und im Sommer ist er entweder mit seiner Yacht unterwegs oder er geht auf Safari. Er ist ein richtiger Naturmensch!"

„So, so. Er liebt die Natur. Und Sie natürlich auch, nicht wahr? Safaris und Skilaufen! Das ist ja auch gerade das Richtige, um der Natur ganz nahe zu sein!" Frau Doktor Leblon wurde langsam wütend.

Minister Lupus beobachtete dies mit Genugtuung. „Selbstverständlich liebe ich die Natur. Sie wissen genau, dass ich alles tue, was zur Erhaltung unserer Umwelt beiträgt. Denken Sie nur daran, wie ich der Firma Belwitz den großen Waffenauftrag in den Nahen Osten vermiest habe! Ich weiß schließlich, dass jeder Krieg für die Umwelt schädlich ist!"

Spöttisch hob Frau Leblon die Augenbrauen. „Dafür hat aber jemand anders die Waffen geliefert, wie wir alle wissen. Vielleicht sogar Ihr anderer Freund, wie hieß er doch gleich? Ach ja, Schweizer. Der hat doch seine Finger in mehreren Rüstungsgeschäften."

Jetzt wurde auch Minister Lupus langsam zornig. „Frau Präsidentin, muss ich mir solche Unterstellungen gefallen lassen? Sie wissen genau, wie hart ich immer für das Wohl Europas gearbeitet habe, besonders in den letzten zwei Jahren. Es ist einfach eine Unverschämtheit von Frau Doktor Leblon, mich andauernd zu beleidigen!"

Obwohl die Präsidentin ein großes Vergnügen an den Streitereien ihrer beiden Minister hatte und sie eigentlich immer auf der Seite von Frau Doktor Leblon stand, wusste sie doch, dass sie jetzt besser eingreifen sollte.

„Frau Doktor Leblon meint es nicht so. Sie macht sich eben zu viele Sorgen um alles. Seien Sie ihr nicht böse, mein lieber Lupus. Ich weiß ja, wie unentbehrlich Sie mir sind", versuchte sie den Minister zu besänftigen, was diesen mit großer Genugtuung erfüllte.

„Immerhin wäre ich ja auch noch dagewesen", brachte sich Frau Doktor Leblon in Erinnerung. „Es wird sich noch herausstellen, ob Minister Lupus alles so ernst meint, was er sagt. Ich habe so allerhand gehört."

Lupus zuckte bei diesen Worten leicht zusammen, aber dann begann er zu lachen. „Jetzt haben Sie sich verraten! Sie sind doch nur eifersüchtig auf mich. Wie lachhaft!" Kopfschüttelnd lachte er in sich hinein.

Die Präsidentin hörte sich dieses Geplänkel mit gerunzelter Stirn an, dann wandte sie sich an die beiden Streithähne: „Ich glaube, Sie sollten jetzt Ihre persönlichen Zankereien lassen! Wir haben viel zu tun. Was ist mit dem Gipfeltreffen nächste Woche? Der amerikanische Außenminister will anscheinend Klage führen über irgendwelche chemischen Experimente Europas im Pazifik?"

Frau Doktor Leblon warf Lupus noch einen wütenden Blick zu, dann wandte sie wieder ihre Aufmerksamkeit den anstehenden Problemen zu. „Ich habe auch davon gehört. Der Ausschuss U2 beschäftigt sich bereits damit!"

„Kompliment. Kompliment! Sie sind wirklich sehr schnell!" schmeichelte der Ministerkollege. „Aber – wie immer – ZU schnell. Sie sind wieder einmal auf Gerüchte reingefallen. Mein Freund Kraut von der CBTG hat mich ausführlich darüber informiert. Bei den chemischen Experimenten handelt es sich um Versuche, die eine landwirtschaftliche Revolution hervorrufen werden. Wir suchen eine Weizenart, die schon in fünfzig Tagen reif ist, und das bei großer Hitze. Die Länder der Dritten Welt könnten dann mit vier bis fünf Ernten pro Jahr rechnen!"

Die Präsidentin war begeistert. „Aber das ist ja wunderbar! Damit wären die Welternährungsprobleme ja schon fast gelöst! Hoffentlich sind die Experimente erfolgreich!"

„Hoffen wir das Beste, Herr Minister. Ich werde schon noch hinter Ihre Schliche kommen!" Frau Doktor Leblon war alles andere als überzeugt.

Langsam fühlte sich Minister Lupus in die Verteidigung gedrängt, was ihm so gar nicht passte. Es wurde Zeit, dass er wieder Oberwasser bekam. Also wandte er sich mit gekränkter Stimme an Frau Doktor Leblon. „Ihr Misstrauen verletzt mich sehr. Vielleicht darf ich Sie heute zum Essen ausführen, dann können wir uns einmal in aller Ruhe aussprechen."

Frau Doktor Leblon blickte Minister Lupus amüsiert an, wobei ihre grünen Augen spöttisch blitzten. „Jetzt übertreiben Sie aber, mein lieber Kollege. Ich habe mit Ihnen nichts zu bereden – nicht in meiner Freizeit! Und nun sollten wir endlich an unsere Arbeit denken! Die Sicherheitsvorkehrungen für das Gipfeltreffen müssen noch durchgesprochen werden!"

Während Pläne gewälzt, Listen erstellt und mögliche Gefahrenstellen bedacht wurden, begannen die Gedanken der Präsidentin immer mehr abzuschweifen. Mein Gott! Wie war das alles langweilig. Sollte so ihr ganzes weiteres Leben verlaufen? Tag für Tag Besprechungen, das ewige Gezänk der Minister, Repräsentationspflichten und niemals allein! Immer wurde sie von ihrer Security begleitet, wohin sie auch ging, sogar im Urlaub!

Und nie blieb sie unerkannt, wenn sie unterwegs war. Warum konnte sie nicht ein ganz normales Leben führen, so wie andere Menschen auch?

Gut, dass Minister Lupus keine Gedanken lesen konnte. Allein die Vorstellung, die Präsidentin könnte ohne Aufsicht irgendwo hingehen, würde ihn an den Rand des Wahnsinns bringen. Vielleicht sollte sie das ja einmal ausprobieren! Minister Lupus bei einem Wahnsinnsanfall zu beobachten, wäre sicher interessanter als alle diese langweiligen Konferenzen. Was er wohl sagen würde, wenn sie diesen Wunsch äußerte?

Sie gab sich ihren Tagträumen hin, und die Sicherheitsvorkehrungen für das Gipfeltreffen plätscherten über sie hinweg.

Ein Minister gerät in Panik

„So, ich glaube, das wäre alles!" Frau Doktor Leblon wischte sich erschöpft eine Haarsträhne aus ihrer Stirn. „Ich werde unsere Aufzeichnungen noch einmal dem Sicherheitsausschuss zur Kontrolle vorlegen."

„Sie haben auch nichts anderes als Ihre Ausschüsse im Kopf, meine Liebe. Entspannen Sie sich doch einmal!" Minister Lupus konnte sich seine Sticheleien wieder nicht verkneifen. „Ach, übrigens. Sie sollten besser den amerikanischen Außenminister anrufen und ihn wegen unserer Versuchsfelder im Pazifik beruhigen, sonst gibt es doch noch Komplikationen. Frau Präsidentin! Sie hören mir ja überhaupt nicht zu!"

Die Präsidentin zuckte zusammen. „Wie bitte? Was haben Sie gesagt? Entschuldigen Sie bitte, ich war gerade mir meinen Gedanken woanders."

Minister Lupus zog drohend die Augenbrauen zusammen, dann fuhr er sie zornig an: „Was fällt Ihnen ein, sich so wenig zu beherrschen! Sie können während der wichtigen Regierungsarbeit nicht einfach abschalten! Das ist unverantwortlich! Wir sind hier nicht auf dem Kinderspielplatz! Sie tragen Verantwortung! Wie oft soll ich Ihnen das noch sagen?"

Erschöpft von seinem Ausbruch machte Minister Lupus eine kleine Pause, aber es war ihm anzusehen, dass er mit seiner Strafpredigt noch lange nicht fertig war. Die Präsidentin lehnte sich ergeben in ihrem Sessel zurück und harrte der Dinge, die noch folgen würden.

Minister Lupus holte tief Luft und wollte seine Rede gerade fortsetzen, als er auf ungewöhnliche Weise unterbrochen wurde. Die mächtige Saaltür öffnete sich mit einem schwachen Quietschen, und ein paar seltsam anmutende Gestalten betraten leise den großen Sitzungssaal. Unsicher blickten sechs Augenpaare auf die drei Politiker, die äußerst überrascht zurückstarrten.

Die Präsidentin erholte sich zuerst. Erleichtert über diese willkommene Abwechslung wandte sie sich den Ankömmlingen zu. „Darf ich fragen, wie Sie hier hereinkommen? Wo ist denn die Wache?"

Noch bevor irgendjemand eine Antwort geben konnte, explodierte Minister Lupus: „Das ist ja eine bodenlose Schlamperei! Wahrscheinlich machen sie wieder Pause oder spielen irgendwo Karten. Dieses Vergehen muss strengstens bestraft werden! Die Sicherheit der Präsidentin steht unter Ihrer Aufsicht, Frau Doktor Leblon! Ich bin gespannt, was Sie dazu zu sagen haben! Da wird Ihnen keiner Ihrer vielen Ausschüsse helfen können!"

„Ich weiß, und ich werde mich gleich darum kümmern", antwortete die Ministerin gelassen. Sie war die Unbeherrschtheit des Kollegen Lupus seit langem gewöhnt und regte sich darüber nicht mehr auf. „Zuerst möchte ich aber wissen, was hier los ist. Bitte treten Sie näher."

Die Fremden näherten sich vorsichtig der Ecke des Saales, in der sich die drei Politiker befanden, wobei sie versuchten, einen möglichst großen Bogen um Minister Lupus zu machen, der sie mit seinem Geschrei sehr erschreckt hatte. In gebührendem Abstand blieben sie stehen.

„Aber das sind ja Kinder!", rief die Präsidentin begeistert. „Wie seid ihr denn bloß hierhergekommen? Und was wollt ihr bei mir? Habt ihr euch vielleicht verlaufen? Nun redet doch endlich!"

Jetzt löste sich aus der Gruppe eine seltsam angezogene Frau und trat vor. Nach einer verunglückten Verbeugung begann sie zu sprechen: „Entschuldigen Sie bitte unser Eindringen, aber es hat uns keiner aufgehalten. Wir sind von weit hergekommen, um Sie um Hilfe zu bitten. Können wir allein mit Ihnen sprechen?"

„Aber da hört doch alles auf!" Minister Lupus hatte schon wieder jemanden gefunden, an dem er seine Wut auslassen konnte. Frau Doktor Leblon lächelte in sich hinein. Wenn Lupus heute so weitermachte, würde er noch einen Herzanfall bekommen.

„Wir denken nicht daran, die Präsidentin einer hergelaufenen Kinderbande zu überlassen! Wir sind ihre Minister und bei allem dabei. Seid froh, wenn ihr überhaupt angehört werdet!", fuhr Minister Lupus überheblich fort. „Und jetzt endlich zur Sache!"

Die Frau räusperte sich kurz und fuhr in ihrer Rede fort. „Bitte glauben Sie mir, was ich jetzt sage, auch wenn es total unglaublich klingt. Zwei dieser Kinder sind in einer Zeitmaschine aus dem Jahr 2525 zu uns gekommen!"

In dem Tumult, der ihren Worten folgte, war es unmöglich, weiterzusprechen. Die Präsidentin überlegte, ob so etwas wohl möglich wäre, Frau Doktor Leblon schüttelte den Kopf und murmelte: „Ich glaub, ich träume!"

Nur Minister Lupus fühlte sich in der Lage, eine neue Attacke zu starten: „Jetzt geht ihr aber zu weit! So einen Blödsinn müssen wir uns nicht anhören! Was soll das? Ein Werbetrick? Stehen schon Reporter bereit? Macht, dass ihr hier verschwindet! Aber schnell, sonst lass ich euch verhaften!"

Während alle auf Minister Lupus' zorniges Gesicht blickten, trat eines der Kinder, mindestens ebenso zornig, direkt vor ihn: „Unser Auftrag ist viel zu wichtig, als dass wir uns lange mit Ihren Beleidigungen abgeben können. Halten Sie einfach mal den Mund, damit wir über alles sprechen können! Ich denke, die Frau Präsidentin wird damit einverstanden sein."

„Bitte, lieber Lupus, ich bin jetzt wirklich neugierig geworden. Ich will wissen, was die Kinder für Probleme haben." Den Gästen zugewandt, fuhr sie fort: „Mir dürft ihr alles sagen, was ihr auf dem Herzen habt. Doch es wäre nett, wenn ihr euch erst vorstellen würdet."

„Ich bin Adria, und das ist mein Bruder Kim. Wir kommen aus dem Jahr 2525. Jenny, Sally und Bit haben wir zufällig bei unserer Landung getroffen, und sie haben versprochen zu helfen, weil wir uns hier doch gar nicht auskennen. Auch Frau Emma Weißer hier war uns eine große Hilfe, denn ohne sie wären wir nie hierhergekommen."

An dieser Stelle wurde Adria unterbrochen. „Wenn ich mich kurz vorstellen darf: Emma Weißer, Vorsitzende des Umweltschutzvereins ‚Alte Eiche'."

„Also doch! Nichts als ein Trick der Ökologen!" Minister Lupus konnte sich immer noch nicht zurückhalten.

„Bitte, unterbrechen Sie nicht. Jetzt geht es doch erst richtig los!" Die Präsidentin war vor Aufregung schon ganz zappelig. „Fahre bitte fort, aber wenn es geht, etwas schneller, denn wir haben noch viel zu tun!"

„Also", setzte Adria ihre Rede fort, „bei uns zuhause sieht die Welt so schrecklich aus, dass sich das hier niemand vorstellen kann. Wir haben keine Luft, kein Wasser, keine Pflanzen oder Tiere, eigentlich haben wir überhaupt nichts von den schönen Dingen, die wir hier kennengelernt haben. Es ist grauenhaft! Wir sind mit Onkel Daniels Zeitmaschine hergekommen, um Hilfe zu suchen, denn unser Leben und der Zustand unserer Welt ist nur eine Folge der Umweltverschmutzung, die jetzt und hier stattfindet!" Erschöpft unterbrach Adria ihren Redeschwall.

Jetzt kam Kim seiner Schwester zu Hilfe. „Wir haben einen Bildband mitgebracht, damit Sie es sich besser vorstellen können. Hier, werfen Sie mal einen Blick hinein." Kim reichte Frau Doktor Leblon das Buch hinüber, die sich sogleich darin vertiefte.

Auch die Präsidentin beugte sich über die Fotos. Je mehr Bilder sie sah, desto blasser wurde sie. Frau Doktor Leblon sah fast grün im Gesicht aus, während Minister Lupus beinahe unberührt von den Bildern schien.

„Aber das ist ja entsetzlich! So soll die Erde in fünfhundert Jahren aussehen?!?!" Frau Doktor Leblon schien sich nur mühsam zu beherrschen. „Was haben wir nur falsch gemacht?"

Die Präsidentin runzelte die Stirn. „Ich fürchte, die Umweltgesetze sind einfach noch nicht streng genug, und es schlüpfen zu viele durch die Maschen des Netzes. In letzter Zeit ist wieder alles viel lockerer geworden. Wir müssen noch mehr aufpassen!"

Minister Lupus war den Worten der Präsidentin mit wachsendem Missmut gefolgt. Dieses Gerede musste unbedingt sofort gestoppt werden. Also ergriff er, leicht erregt, das Wort: „Wer sagt uns denn, dass das Ganze überhaupt stimmt? Ich wette, das sind alles Fotomontagen. Sicher nur ein Trick dieser Öko-Gruppe." Dabei warf er Emma Weißer einen vernichtenden Blick zu.

Frau Doktor Leblon konnte nur den Kopf schütteln über so viel Misstrauen. „Ich werde das überprüfen lassen. So etwas kann man ja leicht nachweisen. Meine Techniker sind bestens geschult."

Nachdenklich wandte sich die Präsidentin den Kindern zu. „Was genau erwartet ihr nun eigentlich von mir? Ich kann doch gar nicht viel machen!"

„Aber Sie haben doch viel Macht! Sie sind die Präsidentin! Die anderen Herrscher werden auf Sie hören müssen!" Adria sah sie etwas ratlos an. „Bitte, tun Sie alles, damit Luft, Wasser und Boden sauber bleiben! Holzen Sie keine Wälder mehr ab, damit das Klima erhalten bleibt! Und vor allen Dingen benutzen Sie keine Chemie mehr!"

„Und keine Kriege mehr!" Emma Weißer fühlte sich verpflichtet, auch ihren Teil beizutragen.

Frau Doktor Leblon nickte begeistert zu diesen Ausführungen. Das waren genau die Forderungen, die sie in den letzten Jahren verzweifelt versucht hatte durchzubringen. Aber irgendwie war sie damit nie so richtig durchgekommen. „Das ist genau meine Meinung! Trotzdem ist es sehr schwierig, auf die ganze Welt Einfluss zu nehmen. Aber wir werden es versuchen, nicht wahr Frau Präsidentin?"

Als diese begeistert Frau Doktor Leblon zustimmte, bekam Minister Lupus einen Schreck. Jetzt war exakt das eingetreten, was er in den letzten zwei Jahren erfolgreich zu verhindern versucht hatte. Die Präsidentin und Frau Doktor Leblon zusammen auf der einen Seite, und er gegen sie auf der anderen. Das musste unter allen Umständen verhindert werden.

Mit erzwungener Ruhe machte er noch einen Versuch: „Wir sollten jetzt nicht übereifrig reagieren! Sie wissen doch, dass wir bisher schon alles getan haben, was nur möglich war. Wir haben so viel erreicht wie niemals zuvor. Wir sind auf dem Weg der Besserung!"

„Ich glaube eher, dass dieser Weg seit einem Jahr wieder gewaltig rückwärtsgeht, und Sie scheinen mir daran nicht ganz schuldlos zu sein, mein lieber Lupus." Frau Doktor Leblon beobachtete mit Vergnügen, wie der Ministerkollege bei ihren Worten erblasste.

„Ich muss dringend zu härteren Mitteln greifen. Ich muss dieser Leblon den Hals umdrehen. Hoffentlich kann ich Schweizer heute noch erreichen", dachte Minister Lupus und grübelte vor sich hin.

„Frau Doktor Leblon hat Recht. Wir müssen jetzt umdenken!", sagte die Präsidentin resolut. „Wir werden uns in Ruhe beraten. Frau Doktor Leblon, begleiten Sie bitte die Kinder und Frau Weißer in das kleine Konferenzzimmer, und lassen Sie ein paar Erfrischungen reichen. Wenn wir hier fertig sind, werde ich zu euch kommen, und wir können uns unterhalten."

Während sich Frau Doktor Leblon mit ihrem Gefolge auf den langen Weg durch den Sitzungssaal machte, murmelte Minister Lupus etwas von einem dringenden Telefonat und eilte als Erster zum Saal hinaus.

Frau Doktor Leblon sah ihm amüsiert nach, machte sich jedoch gleichzeitig Gedanken, was er wohl nun wieder im Schilde führte. Da wurde sie vorsichtig am Ärmel gezupft.

Kim sah sie flehend an: „Also ich müsste mal ... wo ist denn ...?"

Sie verstand natürlich sofort und erklärte Kim leise den Weg zu einem gewissen Örtchen. Kim rannte blitzschnell den langen Gang entlang, an dessen Ende gerade Minister Lupus aus dem Blickfeld verschwand.

„Wir werden hier auf Kim warten, sonst verläuft er sich noch. Die Residenz ist sehr groß", erklärte Frau Doktor Leblon den Kindern, die immer noch verblüfft hinter Kim her blickten, der jetzt auch am Ende des Ganges angekommen und nicht mehr zu sehen war.

„Was war nur mit Minister Lupus los?", machte sich Frau Doktor Leblon ihre Gedanken. „Er sah aus, als hätte er ein Gespenst gesehen. Er war doch sonst nicht so panisch veranlagt. Meistens war er die Ruhe selbst. Vielleicht passte ihm der Verlauf der Dinge nicht. Die bevorstehende Besprechung würde sicher interessant werden. Naja, man würde sehen." Sie zuckte mit den Schultern und richtete ihre Aufmerksamkeit wieder auf die wartenden Kinder, die gerade überlegten, ob der Hund Lumpi noch länger im Auto warten könnte, oder ob man ihn besser holen sollte.

„Da wir sowieso auf Kim warten müssen, können Sie Ihren Hund ruhig holen. Diese Tür führt direkt auf den Parkplatz", wies die Ministerin Emma Weißer den Weg.

Als auch Emma verschwunden war, blieb den Zurückgebliebenen nichts anderes übrig, als geduldig zu warten.

Die Lage spitzt sich zu

Nach kurzer Zeit kehrte Emma Weißer mit dem aufgeregt schnüffelnden und wedelnden Hund zurück. Nachdem er Frau Doktor Leblon kurz beschnuppert hatte, warf er sich vor ihr auf den Boden, um sich streicheln zu lassen. Lächelnd beugte sie sich zu ihm herab und kraulte ihm die Ohren.

Die scharfe Stimme von Minister Lupus schreckte sie aus ihrer Beschaulichkeit auf. „Nun sind Sie also auch noch auf den Hund gekommen. Wie wäre es, wenn wir jetzt auch wieder an die Arbeit gingen? Die Unterbrechung hat lange genug gedauert! Ich gehe schon vor. Beeilen Sie sich!" Lumpi stieß ein tiefes Grollen aus und fletschte die Zähne.

„Es wird wirklich langsam Zeit." Frau Doktor Leblon blickte nervös auf ihre Uhr. „Wo Kim nur bleibt?" In diesem Augenblick kam er auch schon atemlos um die Ecke gerannt. Er wollte etwas sagen, aber Frau Doktor Leblon winkte ab. „Wir müssen uns beeilen, kommt hier entlang!" Nach ein paar Schritten wurden sie in einen geschmackvoll und gemütlich eingerichteten Raum geführt. „Macht es euch bequem. Die Erfrischungen kommen gleich. Ich muss los. Bis später." Und schon war sie zur Türe hinaus.

„Was war denn mit dir los?" Adria konnte sich nicht länger beherrschen und ging auf ihren Bruder los. „So kenne ich dich gar nicht! Ich habe noch nie erlebt, dass du stundenlang stumm vor dich hinstarrst, wenn wichtige Dinge vor sich gehen. Der Gipfel war aber dein plötzliches Verschwinden. Was sollte das denn? Du musst doch sonst nicht dauernd auf die Toilette!"

„Sei doch nicht so gemein zu Kim", mischte sich Jenny ein. „Wir haben ja auch nichts gesagt. Alles war so unheimlich und ungewohnt. Wir haben schließlich noch nie vor einer echten Präsidentin gestanden! Und dann dieser eklige Minister. Der hat mir einen Schauer nach dem anderen über den Rücken laufen lassen. Einfach widerlich, dieser Kerl!"

„Nun setzt euch erst mal und erholt euch ein bisschen. Das alles ist ja wirklich sehr aufregend, auch für mich!" Mütterlich führte Emma Weißer die Kinder zu einem großen Sofa, in dessen weichen Polstern sie aufatmend versanken.

Kim sprang sofort wieder auf. „Kann ich jetzt endlich auch einmal zu Wort kommen? Ihr habt doch keine Ahnung, in welcher Zwickmühle wir jetzt sitzen! Es ist so unfassbar, dass ihr mir kaum glauben werdet!"

„Da glaubst du falsch! In dieser Beziehung hast du mir ja schon eine Menge geboten in den paar Tagen, in denen wir zusammen sind." Das war Emma, die sich diese trockene Bemerkung nicht verkneifen konnte. „Also, was ist los?"

Kim tigerte nervös auf und ab, bevor er endlich zu sprechen anfing: „Stellt euch vor, Minister Lupus ist an vielen dieser Umweltprobleme schuld, und er will Frau Doktor Leblon ermorden lassen!"

In dem Schweigen, das jetzt folgte, hätte man die berühmte Stecknadel fallen hören können. Adria fasste sich als Erste. „Machst du Witze, oder hast du etwas gelesen?"

„Sprecht ihr wieder Geheimsprache oder was? Ich verstehe jedenfalls nur Bahnhof." Sally sah die beiden misstrauisch an.

„Schon gut, ich erzähl ja alles." Kim hob beschwichtigend die Hände. „Also, bei uns ist es üblich, in der Schule auch Telepathiekurse zu besuchen. Allerdings dauert es oft Jahrzehnte, bis dabei einigermaßen etwas herauskommt. Ich bin darin allerdings recht gut, deshalb könnt ihr mir glauben, was ich euch jetzt sage: Als wir uns mit der Präsidentin unterhielten, spürte ich plötzlich so ein Kribbeln im Kopf, und dann nahm ich seltsame Gedanken auf. Es dauerte eine Weile, bis ich merkte, dass es die Gedanken von Minister Lupus waren, und die waren wirklich das Allerletzte!"

„Was dachte er denn? Mach es doch nicht so spannend!" Jenny begann, vor Aufregung hin und her zu zappeln, und Sally knabberte nervös an ihren Fingernägeln. Emma machte ein leicht verwirrtes Gesicht, während Bit voller Spannung Kim mitten in die Augen starrte.

„Bit, du bist gemein, wenn du denkst, ich spanne euch absichtlich auf die Folter. Ich muss doch selbst noch meinen Kopf ordnen." Kim konnte sich ein Lächeln nicht verkneifen, als er sah, wie entsetzt Bit ihn anstarrte.

„Heißt das, du weißt jetzt immer, was wir denken? Das ist ja furchtbar!" Bit war sehr geschockt, und auch die anderen fühlten sich recht unwohl.

„Keine Angst. So leicht geht das nicht! Ich muss mich sehr stark konzentrieren, und der andere muss sehr intensiv denken, sonst funktioniert das nicht. Ich werde also kaum eure allergeheimsten Gedanken lesen können."

„Gott sei Dank!" Jenny atmete erleichtert auf. Es wäre grässlich, wenn Kim ihre Gedanken lesen könnte, wenn er wüsste, dass sie sich besonders viel mit ihm beschäftigten! „Nein, schnell an etwas anderes denken!", schoss es ihr durch den Kopf und sie fuhr fort: „Nun erzähle weiter von Lupus. Wir wissen immer noch nichts!"

Kim nahm seine Wanderung wieder auf, während er weitersprach: „Lupus dachte: ‚Du dumme kleine Sophie. Du hast ja keine Ahnung, wie Recht die Kinder haben! Wenn alle meine Pläne erfolgreich sind, sieht die Erde vielleicht schon in einhundert Jahren so aus. Aber das ist mir egal! Ich lebe heute, und ich will mein Leben jetzt genießen. Und das geht nur, wenn ich das nötige Kleingeld dazu habe, und das bekommt man eben nicht geschenkt!'" Kim holte kurz Luft.

„Die nächsten Gedanken waren noch schrecklicher. Hört, wie es weitergeht: ‚Du bist ja viel zu vertrauensselig, Sophie. Du glaubst alles, was ich sage, und merkst gar nicht, wie ich dich ausnutze. Nur die alte Schnepfe Leblon ahnt etwas, aber nicht mehr lange! Es wird Zeit, dass mein Freund Schweizer eingreift. Ich werde ihn gleich benachrichtigen. Die Welt wird bald eine Ministerin weniger haben. Dann werde ich Schweizer zum Minister machen, und dann haben wir ganz Europa in unserer Hand.' – Na, was sagt ihr dazu?" Triumphierend blickte Kim in die Runde.

Entsetzen malte sich auf die Gesichter der Zuhörer, was sich noch verstärkte, als es plötzlich kräftig an der Türe klopfte. „Minister Lupus", flüsterte Sally. „Bestimmt hat er uns belauscht. Wir sind verloren!"

Resolut stand Emma auf, um die Tür zu öffnen. Sie schwang dabei ihre Handtasche, als ob sie nötigenfalls Minister Lupus eins überziehen wollte. Schwungvoll riss sie die Tür auf. Davor stand ein Diener, der jetzt mit einem höflichen Nicken einen großen Teewagen, voll beladen mit Köstlichkeiten hereinschob. Mit einem freundlichen „Ein Gruß der Frau Präsidentin. Lasst es euch schmecken!" verschwand er so lautlos, wie er gekommen war.

Aufatmend lehnten sie sich wieder zurück. „Puh, habe ich einen Schreck bekommen. Ich dachte, unser letztes Stündchen wäre gekommen." Jenny schüttelte sich, als sie dran dachte, welche Angst sie ausgestanden hatte. Beruhigend legte Bit seinen Arm um sie. „Es ist ja vorbei. Uns wird schon nichts passieren!"

„Ich schlage vor, wir essen jetzt erst einmal etwas. Ich habe schrecklichen Hunger, und auf dem Wagen sind Sachen, die ich noch nie gegessen habe!" Adria griff zu einem Schälchen mit Krabbensalat.

Emmas Augen schweiften über die verschiedenen Teller und Tabletts. „Zweifellos gibt es hier alles, was teuer ist, aber besonders gesund ist das meiste nicht! Viel zu viel Fleisch und Fett. Nicht einmal Vollkornbrot gibt es! Esst trotzdem. Wer weiß, wann wir wieder etwas bekommen. Heute Abend werde ich euch dann in ein gutes vegetarisches Restaurant führen."

Unauffällig grinsten sich die Kinder zu und verzogen die Gesichter. Das konnte ja ein heiterer Abend werden. Am besten, sie aßen jetzt so viel wie möglich. Alle griffen herzhaft zu. Sogar Emma schien Gefallen an den Speisen zu finden. Sie nahm sich gerade zum fünften Mal!

Für Kim und Adria wurde das Essen zum Erlebnis. Bis jetzt kannten sie schließlich nur Emmas seltsame Rezepte. Hier allerdings lernten sie Lachs und Forellenfilets, Wachteln und Entenbrust, Roastbeef und Schinken kennen. Außerdem gab es noch viele knackige Salate, frische Gemüse und verschiedene Brötchen. Als Nachtisch standen mehrere Puddings und Cremespeisen bereit.

„Hmm, das war köstlich! Jetzt geht aber nichts mehr rein."
Bit säuberte noch Mund und Hände mit einer kostbaren Servi-
ette, dann lehnte er sich gemütlich zurück. „Ich denke, wir sollten jetzt beraten, wie es weitergehen soll. Du bist dir sicher, dass
du nichts falsch verstanden hast, Kim?"

„Ganz sicher! Und selbst falls ich mich geirrt haben sollte,
gibt es noch einen anderen Beweis. Ich habe vorhin ja noch gar
nicht fertig erzählt!" Kim überlegte kurz, wie er alles so klar wie
möglich vortragen könnte, dann fuhr er fort: „Minister Lupus
hatte doch gedacht, er wolle seinen Freund Schweizer erreichen,
und dann murmelte er etwas von telefonieren, und weg war er!"

„Jetzt verstehe ich!" Adria sah ihren Bruder mit blitzenden
Augen an. „Du musstest ja gar nicht auf die Toilette! Du bist ihm
gefolgt! Und – was hast du herausgefunden?"

„Es war nicht schwierig, ihm zu folgen, denn die Gänge sind
hier sehr lang. Schwieriger war es vielmehr, unbemerkt zu bleiben, aber ich glaube, er hat mich nicht gesehen. Er war wohl viel
zu sehr in Gedanken. Erst wollte er in sein Büro, dann überlegte er es sich doch anders. Er drehte ab und ging zu einem Gerät, das hinter Glas in einer Ecke des Gangs hängt. Ich vermu-
te, es wird so etwas Ähnliches wie unser Ruf-Boy sein." Fragend
schaute Kim die anderen an.

„Ein Telefon." Bit nickte bestätigend. „Und, konntest du etwas verstehen?"

„Es war etwas undeutlich. Ich konnte schließlich nicht zu
nah ran, aber einiges Wichtige habe ich doch herausbekommen:
Er trifft sich heute um 21 Uhr mit diesem Schweizer. Der sollte ein gewisses Kraut mitbringen. Ich hab keine Ahnung, worum es sich handelt."

„Vielleicht will er die Ministerin vergiften!", unterbrach ihn
Sally eifrig.

„Du siehst zu viele Krimis. Jetzt lass uns lieber beraten, was
wir nun machen sollen." Bit überlegte kurz, dann wandte er sich
wieder an Kim. „Man müsste sie belauschen. Wir wissen, wann das
Treffen ist. Wenn wir nun einfach Minister Lupus folgen würden?"

„Das ist viel zu gefährlich! Das kommt überhaupt nicht in Frage!", mischte sich Emma ein. „Ich habe schließlich die Verantwortung für euch. Ja, wenn wir wüssten, wo sie sich treffen, dann gäbe es vielleicht eine Möglichkeit."

„Aber ich weiß doch, wo das Treffen ist! Nie lasst ihr mich ausreden!" Kim blickte alle unmutig an.

„Na wo denn? Sprich doch endlich! Wir unterbrechen dich auch nicht mehr!" Jenny war ganz aus dem Häuschen.

„Er sagte etwas von einem Pavillon im Park der Residenz. Ich weiß natürlich nicht, wo das ist, aber das müsste man herausfinden können, denkt ihr nicht auch?"

Die anderen nickten begeistert. „Prima. Wir belauschen ihn und seinen Freund und erfahren, was sie vorhaben, und dann greifen wir ein!" Sallys Backen waren vor Aufregung gerötet.

Bit sah sie kopfschüttelnd an. „Das ist doch kein Western-Film. Wie sollen wir denn eingreifen? Wir haben doch keine Waffen und nichts. Außerdem, wenn uns nach unserer Lauschaktion jemand glaubt, dann kann er uns genauso gut auch jetzt schon glauben! Wir wissen doch schon unheimlich viel!"

Emma nickte bestätigend. „Bit hat Recht. Ich denke, das Beste wird sein, wir ziehen Frau Doktor Leblon ins Vertrauen. Schließlich ist sie am meisten davon betroffen!"

„Aber vielleicht ist sie ja auch so verdorben. Wer weiß, was sie so alles ausheckt. Nicht, dass sie noch Minister Lupus umbringen lassen will!" Sally wollte lieber allein die Heldin spielen.

„Ich bin ziemlich sicher, dass sie in Ordnung ist. Ich habe auf jeden Fall nichts Negatives gespürt!" Kim wusste, dass ihn sein Gefühl selten trog.

„Ich stimme dir zu", pflichtete ihm Emma bei, die jetzt ziemlich nervös war. Was sollte sie nur machen, wenn die Kinder nicht mehr auf sie hören würden? „Denkt doch an Lumpi. Er hat sich von Frau Doktor Leblon streicheln lassen, aber Minister Lupus hat er angeknurrt. Mein Hund ist ein sehr guter Menschenkenner!"

Als Lumpi seinen Namen hörte, klopfte er wie zur Bestätigung begeistert mit seinem Schwanz auf den Boden. Hoffentlich ging es bald wieder ins Freie. Ihm dauerte das Palaver all-mählich zu lange.

„Ich schlage Folgendes vor." Bit sah alle der Reihe nach an. „Wenn Frau Doktor Leblon kommt, soll Kim versuchen, in ihre Gedanken einzudringen. Wenn sie in Ordnung ist, gibt er uns ein Zeichen, und wir erzählen ihr alles. Wenn nicht, dann ge-hen wir auf eigene Faust los!"

Die anderen stimmten zu, und Emma war erleichtert. Jetzt würde die Sache in kompetente Hände gelegt werden. Sie hatte schon immer diese Geschichten gehasst, in denen irgendwelche Kinder auf Abenteuer gingen, die viel zu gefährlich waren. So etwas würde in der Wirklichkeit nie gut ausgehen.

Sie unterhielten sich noch über dies und das, als die Tür sich öffnete und Frau Doktor Leblon herein geschwebt kam. Kim ließ sie nicht aus den Augen.

„Ihr habt leider lange warten müssen, aber ich hoffe, das Essen hat euch etwas entschädigt." Frau Doktor Leblon lächel-te den Kindern zu. „Leider habe ich schlechte Nachrichten für euch. Unsere Besprechung hat kein Ergebnis gebracht. Minis-ter Lupus besteht darauf, alles erst zu überschlafen. Wir wollen uns morgen ganz früh noch einmal zusammensetzen. Habt ihr noch so lange Geduld?"

„Auf die paar Stunden kommt es nun auch nicht mehr an." Adria war aufgestanden und auf Frau Doktor Leblon zugegan-gen, wobei sie Kim unauffällig aus den Augenwinkeln beobach-tete. Als dieser ihr beruhigend zunickte, fuhr sie fort: „Haben Sie noch einen Augenblick Zeit? Wir müssen noch etwas sehr Wichtiges mit Ihnen besprechen."

Frau Doktor Leblon nickte. „Ich habe jetzt Mittagspause. Wenn Ihr nichts dagegen habt, esse ich hier ein paar Happen. Ihr habt ja genug übriggelassen. Dabei könnt ihr mir dann euer Herz ausschütten." Die Kinder stimmten zu, und Frau Doktor Leblon ließ sich in einem bequemen Sessel nieder.

„Mögen Sie Minister Lupus?", platzte Sally heraus, was ihr wieder einen strafenden Blick von Bit einbrachte.

Frau Doktor Leblon zögerte mit der Antwort. „Ihr stellt vielleicht Fragen! Also, ehrlich gesagt, möchte ich mich nicht über meinen Kollegen äußern. Vor allem nicht Fremden gegenüber. Ich hoffe, ihr versteht das und seid mir nicht böse."

„Im Gegenteil. Diese Antwort spricht nur für Sie. Außerdem haben Sie damit ja unsere Frage beantwortet. Sie mögen ihn nicht!" Jenny blickte Frau Doktor Leblon bewundernd an, und diese lächelte ihr spitzbübisch zu, gab aber keine weitere Antwort.

Emma wurde langsam ungeduldig. „Jetzt redet nicht so lange um den heißen Brei herum! Unsere Zeit ist kostbar. Wenn ihr einverstanden seid, werde ich jetzt alles erklären. Verbessert mich, wenn ich etwas Falsches sage."

Und dann erzählte Emma so kurz wie möglich alles, was sich im Hirn des Ministers und in der Telefonzelle abgespielt hatte. Auf Frau Doktor Leblons Gesicht spiegelten sich zuerst Ungläubigkeit und Überraschung, im Anschluss Erschrecken, vermischt mit der Erkenntnis, dass in allem vermutlich ein Körnchen Wahrheit steckte.

Nachdem Emma geendet hatte, herrschte eine Weile Schweigen. Sechs Menschenaugenpaare und ein Hundeaugenpaar beobachteten Frau Doktor Leblon erwartungsvoll. Was würde jetzt geschehen?

Diese sprang dann ganz plötzlich auf und lief unruhig im Zimmer auf und ab. „Ich befürchte, ihr habt Recht", begann sie. „Ich hege schon sehr lange einen Verdacht gegen Minister Lupus, doch bisher war ihm absolut nichts nachzuweisen. Dass er so weit gehen würde, mich umzubringen, das hätte ich aber nie gedacht. Das ist einfach unglaublich!" Sie schüttelte ratlos den Kopf und nahm ihre Wanderung durch das Zimmer wieder auf.

Dann blieb sie wieder vor den Kindern stehen. „Ich danke euch, dass ihr mir alles erzählt habt. Wahrscheinlich verdanke ich Kims ungewöhnlichem Talent sogar mein Leben. Ich frage mich, was ich jetzt tun kann, denn das ist sehr, sehr schwierig. Es wird mir niemand glauben, wenn ich eure Geschichte erzähle. Dazu fehlen einfach die Beweise. Wir haben nichts in der Hand.

Wir bräuchten noch ein paar unabhängige Zeugen. Es wird mir wohl nichts anderes übrigbleiben, als das heimliche Treffen zu belauschen. Dazu werde ich Frau Polizeiobermeisterin Zanker mit ihrer Truppe informieren. Sie sollen den Pavillon unauffällig umstellen. Diese Bande hat sowieso noch etwas gut zu machen. Schließlich haben sie heute Morgen bei eurer Ankunft ihre Pflicht sträflich vernachlässigt. Da werden ihnen ein paar Überstunden nur guttun!"

„Und wir? Dürfen wir auch mitkommen?" Sally wäre am liebsten sofort aufgebrochen.

„Ihr geht zuerst essen, wie ich es euch versprochen habe und dann ins Bett. Ihr werdet morgen früh alles erfahren." Emma sprach unerbittlich.

„Aber das können Sie doch nicht machen! Ich würde kein Auge zutun. Wir müssen einfach dabei sein! Schließlich sind wir doch die Hauptpersonen!" Bit war mehr als empört.

„Nur in Büchern sind Kinder Hauptpersonen. Außerdem sollt ja nicht ihr umgebracht werden. Also findet euch damit ab!" Emma blieb stur.

„Das darf doch nicht wahr sein! Jetzt passiert endlich einmal etwas, und da sollen wir ins Bett!? Unfassbar!" Sally war außer sich.

Alle Kinder starrten Emma fast hasserfüllt an. Jetzt war sie wieder diese blöde Öko-Tante wie anfangs, dabei hatte sie sich doch so gut herausgemacht. Typisch Erwachsene! Aber sie würden dabei sein, und wenn sie heimlich abhauen müssten. Unauffällig nickten sie sich zu.

Frau Doktor Leblon aber hatte die geheimen Blicke bemerkt. Sie konnte sich gut vorstellen, was in den Köpfen der Kinder vorging, deswegen machte sie einen Vorschlag: „Lassen Sie sie doch dabei sein. Irgendwo weiter hinten kann ihnen doch gar nichts geschehen. Ich werde Frau Polizeiobermeisterin Zanker Anweisung geben, für die Sicherheit der Kinder zu sorgen!" Sie blinzelte den Kindern verständnisvoll zu.

„Also gut", gab Emma nach, „meinetwegen. Aber nur, wenn ihr versprecht, ganz vorsichtig zu sein!"

Das versprachen die Kinder gerne. Hauptsache, sie waren dabei. Jetzt hatten sie noch einige Stunden Zeit, in denen sie ein Hotel suchen, eine Stadtbesichtigung machen und schließlich vegetarisch essen wollten. Das versprochene Gespräch mit der Präsidentin sollte jetzt doch erst am nächsten Tag stattfinden, und dann würde die Welt wohl schon ganz anders aussehen: Europa hätte einen Minister weniger.

Sie konnten den Abend kaum erwarten.

Drei Dunkelmänner mit weißer Weste

„Psst. Seid doch leise! Vielleicht sind sie schon da!", ermahnte Emma Weißer nervös die Kinder, während sie durch den nächtlichen Park schlichen.

„Es ist doch noch viel zu früh. Wir sind extra eine halbe Stunde eher gekommen", beruhigte Bit die aufgeregte Frau. „Kein Grund zur Panik!"

Plötzlich stand eine dunkle Gestalt vor ihnen und zischte: „Halt! Keinen Schritt weiter! Sondereinsatz!" Vor Schreck erstarrt blieben sie stehen, doch dann entspannten sie sich wieder. Das war sicher die Polizeitruppe, die Frau Doktor Leblon herbei geordert hatte.

„SOFORT verschwindet ihr hier! Kindern ist es sowieso verboten, sich nachts im Park aufzuhalten!" Die Frauenstimme klang kalt und erbarmungslos.

Sally, Jenny und Emma schauten sich hilflos an. Wie sollten sie jetzt bloß weiterkommen? Bit überlegte, ob er einfach vorbeilaufen sollte, und Adria kicherte leise. Erstaunt sah Kim sie an. War seine Schwester hysterisch geworden?

Adria gab ihm einen Rippenstoß. „Hast du nicht gehört? Die selbe Stimme wie XZ, vielleicht eine Urahnin von ihr. Sie klingt auch genauso gemein. Hoffentlich kann ich sie einmal bei Licht sehen. Es könnte ja sein, dass sie XZ auch noch ähnlichsieht!" Adria kicherte noch einmal.

Kim wurde böse. „Sei doch leise!", flüsterte er. „Wir müssen doch hier durch. Und wenn du sie ärgerst, ... du kennst schließlich XZ. Also hör auf mit dem Gegacker!"

Kim hätte sich keine Sorgen zu machen brauchen, denn in diesem Augenblick trat Frau Doktor Leblon in ihre Mitte. Fast hätten sie sie nicht erkannt, denn sie trug statt ihrer eleganten Kleidung einen dunklen Jogginganzug und Turnschuhe.

„Da seid ihr ja!", begrüßte sie die Kinder freundlich. „Wir werden dort hinüber gehen. Ihr könnt euch hinter der Hecke verstecken. Bleibt immer in der Nähe des Postens, der dort steht. Ich werde mit der Polizeiobermeisterin auf die andere Seite des Pavillons gehen. Hoffentlich haben wir Glück, und es geht alles gut aus."

Ein funkelnder zorniger Blick traf die Kinder, die Polizeiobermeisterin zuckte mit den Achseln und verschwand mit Frau Doktor Leblon in der Dunkelheit.

Emma und die Kinder machten sich auf den Weg zur Hecke. Dort angekommen wurden sie von einem freundlichen dicken Mann in Empfang genommen, der sie noch einmal ermahnte und ihnen ihre Plätze zuwies.

Ängstlich schob sich Emma noch ein paar Meter in die Hecke hinein. Sie wollte nichts sehen oder hören. Hoffentlich passierte den Kindern nichts. Das war ihre einzige Sorge. Sie versuchte, sie unter Beobachtung zu halten, aber in der Dunkelheit war nicht viel zu erkennen.

„Hier kann man ja gar nichts hören!" Sally blickte enttäuscht zu dem Pavillon hinüber, der ungefähr zwanzig Meter entfernt im Licht einer Parklampe lag. Was nützte es, wenn sie die Männer nur sehen und nicht hören konnten?

Auch die anderen waren mit ihrem Beobachtungsposten äußerst unzufrieden. Sie verständigten sich kurz mit den Augen und begannen dann leise und vorsichtig auf ein Gebüsch zuzukriechen, das um den Pavillon herumstand. Jetzt hatten sie einen wunderbaren Platz!

Zufrieden richteten sie sich auf eine längere Wartezeit ein. In der Ferne hörte man die tiefen Schläge einer Kirchturmuhr. Drei Schläge – also mussten sie noch eine Viertelstunde Geduld haben.

Plötzlich zuckten sie zusammen. Sie hörten Schritte und zwei Männerstimmen, die sich laut unterhielten. Jetzt näherten sie sich dem Pavillon. Vorsichtig schielten die Kinder hinüber. Wer war das? Minister Lupus jedenfalls war nicht dabei.

Inzwischen hatten die beiden den Pavillon betreten und waren im Licht der Parklampe gut zu sehen. Auch ihr Gespräch war jetzt deutlich zu verstehen.

„... Das haben Sie hervorragend gemacht, mein lieber Kraut", tönte die ölige Stimme des einen Mannes. Aha, das war also „das Kraut", das mitgebracht werden sollte. Bit grinste in sich hinein und beobachtete die beiden weiter.

Der mit Kraut angeredete Mann war groß und hager und machte irgendwie einen verbitterten Eindruck. Vielleicht litt er an einem Magengeschwür. Der andere musste dann wohl dieser Schweizer sein. Er sah fast aus wie ein Mafiaboss. Seine Gestalt war gedrungen, und sein Schneider hatte sich wohl auf Übergrößen spezialisiert. Zwischen seinen Hamsterbacken schien sich irgendwo der Mund zu befinden, in dem eine dicke Zigarre steckte. An seinen Wurstfingern blitzten mehrere goldene Ringe. Beide Männer trugen elegante dunkle Anzüge und teure italienische Schuhe.

„Nicht einmal einen Sitzplatz gibt es hier! Der Lupus hat manchmal schon merkwürdige Ideen!" Angeekelt blickte sich Kraut im Pavillon um.

„Sagen Sie nichts gegen Lupus, mein lieber Kraut. Ihm ist es gerade gelungen, mir ein Milliardengeschäft zu vermitteln."

„Worum ging es? Waffen? Wohin?" Das Thema schien Kraut zu interessieren.

„Natürlich ging es um Waffen!" Schweizers Stimme klang herablassend. „Der Nahe Osten ist ganz wild darauf. Eigentlich hätte die Firma Belwitz den Auftrag bekommen sollen, aber Minister Lupus hat ihnen so viele Schwierigkeiten gemacht, dass sie aufgegeben haben."

„Minister Lupus ist wirklich ein guter Freund", bekräftigte Kraut, doch Schweizer schien nicht derselben Meinung zu sein. „Freund? Naja, ich weiß nicht so richtig. Ich glaube eher, er wirtschaftet ganz schön in die eigene Tasche, und da sind ihm alle Mittel recht. Ich habe das Glück, dass ich ihn für meine Interessen einsetzen kann, denn ich habe ihn in der Hand."

„Ach, so ist das!" Kraut lachte leise. „Bei mir ist es ähnlich. Gerade gestern hat er mir aus einer großen Klemme helfen müssen."

„Ich habe davon gehört, mein lieber Freund. CBTG hat sich wieder einmal die Entsorgungskosten gespart. Alle Achtung,

Sie haben Mut. Ich weiß nicht, ob ich so weit gehen würde, viel zu auffällig! Lassen Sie das in Zukunft lieber sein!" Schweizer klopfte Kraut gönnerhaft auf die Schulter.

„Vielleicht haben Sie Recht. Aber es hat sich gelohnt. Eine Million für Lupus, aber fünf Millionen für mich." Zum ersten Mal verzog sich Krauts Gesicht zu etwas Ähnlichem wie einem Lächeln.

„Lassen Sie ihn das bloß nicht hören, sonst verlangt er das nächste Mal mehr." Schweizer schien sich in der Rolle des freundschaftlichen Beraters wohlzufühlen.

Frau Doktor Leblon in ihrem Versteck fühlte sich dagegen alles andere als wohl, musste sie doch mit eigenen Ohren anhören, wie sie die ganze Zeit hereingelegt worden war. „Warte nur! Wer zuletzt lacht ...!", murmelte sie mit zusammengebissenen Zähnen.

„Wissen Sie, ..." Kraut schien sich unsicher zu fühlen, „manchmal habe ich Albträume, wenn ich mir vorstelle, das alles kommt eines Tages ans Licht. Dann ist es für immer aus mit uns!"

„Ja, haben Sie denn nicht vorgesorgt?" Schweizer war entsetzt. „Bei mir ist alles bis ins letzte Detail geplant. Meine Millionen liegen auf einem Schweizer Nummernkonto, meine Anwälte sind hervorragend geschult, und falls doch alle Stricke reißen, ist meine Flucht bestens vorbereitet!"

„Sie sind zu beneiden. Ich glaube, ich habe da einiges versäumt." Krauts Stimme klang bekümmert.

„Kommen Sie morgen in mein Büro, dann können wir alles in Ruhe durchsprechen. Ich kann einiges für Sie veranlassen. Eine gute Planung kostet höchstens drei Millionen, und dann können Sie auch wieder in Ruhe schlafen!" Schweizers Stimme triefte vor Fett.

Kraut war ihm sichtlich dankbar. „Danke, Sie sind wirklich ein wahrer Freund. Aber was ist, wenn Minister Lupus nicht mehr regiert, dann können wir ja auch nicht mehr absahnen, oder haben Sie da auch schon vorgesorgt?"

„Aber natürlich. Was glauben Sie?" Schweizer war sichtlich entrüstet. „Meine Leute haben alles im Griff. Der neue Minister steht schon bereit!"

„Tatsächlich? Ich bin beeindruckt! Wer ist es denn?", fragte Kraut neugierig.

„Der neue …" In diesem Moment durchbrach ein Flugzeug die Schallmauer, und die heimlichen Lauscher konnten die nächsten Worte Schweizers zu ihrem Ärger nicht verstehen.

Doch Kraut war anscheinend begeistert von den Fähigkeiten seines Freundes. „Das ist genau der richtige Mann! Überall beliebt und mit strahlend weißer Weste. Ich kann es kaum glauben! *Signore Felice!*"

Leider waren die letzten Worte so leise gemurmelt, dass sie wieder keiner verstehen konnte, was sich vielleicht noch verhängnisvoll auswirken würde.

„Mist!", fluchte Bit in sich hinein, aber da ging das Gespräch schon weiter, und er hörte wieder aufmerksam zu.

„Ja, ja, die weiße Weste! Aber er hat seine Finger überall drin!" Schweizer grinste breit über sein feistes Gesicht. „Wir müssen ihn nur richtig aufbauen."

Neun Schläge hallten durch die Nacht. Beim letzten Ton stand Minister Lupus zwischen seinen Freunden. Er war lautlos herbeigeschlichen. Kraut zuckte schreckhaft zusammen und wandte sich gequält an den Minister. „Da sind Sie ja endlich! Aber müssen Sie so schleichen? Sie haben mich zu Tode erschreckt!"

„Nun übertreiben Sie nicht so, mein lieber Kraut. Außerdem bin ich pünktlich!"

„Selbstverständlich. Pünktlich auf die Minute. Unser Freund Kraut ist eben etwas schreckhaft." Schweizer lachte dröhnend. „Aber nun Spaß beiseite. Worum geht es? Sie haben es sehr dringend gemacht, und dieser Treffpunkt ist ja auch – hmm – irgendwie seltsam, oder?"

„Es muss dringend jemand zum Schweigen gebracht werden!" Lupus' Stimme klang eiskalt.

„Oh, ist Ihnen jemand im Weg? Das wäre aber unangenehm für Sie!" Schweizer amüsierte sich königlich.

„Lassen Sie Ihre Ironie. Es ist ernst genug. Jemand ist mir auf der Spur!"

Schweizer nickte dazu. „Sechs Millionen, und Sie sind alle Sorgen los."

Minister Lupus zuckte zusammen. „Sechs Millionen! Ist das nicht ein bisschen teuer?"

Schweizer reagierte entrüstet: „Teuer? Ich mache Ihnen einen Freundschaftspreis! Außerdem wird es allerbeste Wertarbeit sein. Kein Verdacht wird aufkommen, und Sie können sich sogar den Termin aussuchen. Um wen handelt es sich denn?"

Minister Lupus blickte sich unruhig um, bevor er recht leise antwortete: „Ministerin Frau Doktor Leblon! So leid es mir um ihre Schönheit tut, aber sie ist nicht aufzuhalten mit all ihren Ausschüssen. Irgendwann wird sie hinter jedes unserer Geschäfte kommen."

Kraut pfiff leise durch die Zähne. „Die Ministerin! Das ist aber ganz schön gefährlich!"

„So so, die Ministerin also!" Schweizer wiegte bedenklich den Kopf. „In diesem Fall kostet es zehn Millionen. Sonst können Sie die Sache vergessen. Eine Ministerin verschwinden zu lassen ist eine äußerst schwierige Angelegenheit!"

Minister Lupus verlor seine überlegene Haltung und fuhr Schweizer wütend an: „Jetzt gehen Sie aber zu weit. Zehn Millionen! Das ist in der Tat zu viel!"

Doch Schweizer verlor nicht seine Ruhe. „Wenn Sie lieber erwischt werden wollen, dann ist das Ihr Problem. Kraut und ich haben da keine Mühe." Er nickte Kraut freundschaftlich zu.

Obwohl Kraut seine Angelegenheiten durchaus noch nicht in Ordnung hatte, stimmte er Schweizer zu. Es gefiel ihm, den Minister auch einmal in der Klemme zu sehen. Sogleich begann er, seinen Nutzen aus der Situation zu ziehen.

„Also, ICH würde lieber zahlen. Sie bringen doch das Geld leicht wieder rein. Übrigens, da fällt mir ein, dass ich immer noch auf den großen Düngemittelauftrag für Sibirien warte. Den wollen Sie doch nicht einer anderen Firma geben? Das wäre durchaus ungünstig für Sie zu diesem Zeitpunkt." In Krauts Stimme klang ein leicht drohender Unterton mit.

Minister Lupus wurde weiß vor Wut. „Im Augenblick habe ich ganz andere Sorgen, wie Sie vielleicht verstehen können. Wir werden später darüber reden!"

„Dann muss ich wohl deutlicher werden!" Kraut freute sich über die unangenehme Lage, in der sich der Minister befand. „Wenn der Auftrag nicht in fünf Tagen auf meinem Schreibtisch liegt, könnte es sein, dass ich der Präsidentin den schon lange erforderlichen Höflichkeitsbesuch abstatten muss. Die gute Leblon wird dann ja wohl nicht mehr sein."

Bei diesen Worten lief Frau Doktor Leblon in ihrem Versteck ein Schauer über den Rücken. Es war schrecklich zu hören, dass es Leute gab, die ihren Tod schon als vollzogene Tatsache betrachteten. Sie fröstelte, verdrängte aber die unangenehmen Gedanken, um sich weiter auf das Gespräch der drei Dunkelmänner zu konzentrieren.

Minister Lupus war nach Krauts letzten Worten unruhig im Pavillon auf und ab gelaufen. „Also gut", brachte er nach einer Weile zähneknirschend heraus. „Sie haben mich in der Hand! Beide! Ich werde Ihre Forderungen erfüllen. Morgen haben Sie den Düngemittelauftrag, Kraut, und Sie die zehn Millionen, Schweizer. Aber dafür erwarte ich, dass die Sache in drei Tagen erledigt ist!"

„Sie können sich wie immer auf mich verlassen. Es wird aussehen, als ob Frau Doktor Leblon eines natürlichen Todes gestorben wäre. Und wie wäre es, wenn Sie mich dann auf den Ministersessel bringen würden? Die Präsidentin tut doch, was Sie sagen."

„Darüber können wir reden, wenn der Auftrag ausgeführt wurde. Sie sollten nicht so voreilig sein, wer weiß, was noch alles passiert. Zurzeit gibt es allerlei Probleme, und die Präsidentin wird immer unkontrollierbarer." Minister Lupus schüttelte sorgenvoll den Kopf.

Schweizer merkte, dass es noch zu früh für weitere Forderungen war. Deshalb stimmte er dem Minister zu. „Sie haben Recht. Das hat noch viel Zeit. Jetzt ist erst mal der Auftrag wichtig. Ich werde mein Bestes tun. Sie können sich ganz auf mich verlassen!"

Die drei Herren besiegelten ihr Verbrechen mit einem Handschlag und wandten sich zum Gehen. Plötzlich flammten von allen Seiten Scheinwerfer auf, sodass die drei wie Schauspieler auf einer Bühne beleuchtet waren. Erstarrt hielten sie in ihren Bewegungen inne.

Eine scharfe Stimme durchdrang die Dunkelheit. „Halt! Keinen Schritt weiter! Sie sind umzingelt. Erheben Sie die Arme über den Kopf, und gehen Sie einzeln zu den Polizisten!"

Da sich die drei Gestalten nicht rührten, traten mehrere Männer des Sonderkommandos zu ihnen und nahmen sie fest. Frau Doktor Leblon stellte sich wenige Meter vor Minister Lupus hin, ihre Stimme klang höhnisch, als sie ihn ansprach mit den Worten: „Dieses Mal waren Sie wohl etwas unaufmerksam, Herr Kollege. Ich HABE Sie erwischt!"

„Was soll das alles, liebe Kollegin? Es muss sich doch wohl um ein Missverständnis handeln, aber ich bin sicher, dass Sie mir eine Erklärung geben werden, warum Sie meinen Spaziergang mit Freunden mit Polizeigewalt beenden!" Minister Lupus ließ sich seine innere Unruhe nicht anmerken.

Auch Frau Doktor Leblon gab sich beherrscht. „Wir werden sehen, aber erst morgen. Die Nacht dürfen Sie alle auf Staatskosten verbringen. Zanker? Ab mit ihnen!"

Die Kinder verfolgten aus ihrem Versteck heraus den Abtransport des widerstrebenden Trios, das nach seinen Anwälten schrie. Dann kamen sie heraus und fielen sich jubelnd in die Arme.

„Hurra, es hat geklappt! Habt ihr diese Frechheit gehört? Wir haben sie alle drei erwischt!" So klang es in wildem Durcheinander.

Als sich alles etwas beruhigt hatte, dankte Frau Doktor Leblon noch einmal den Kindern und versprach ihnen, dass sie morgen bei der Verhandlung dabei sein durften. „Jetzt wird es sicher auch einfacher sein, euer eigentliches Problem zu lösen", fügte sie noch lächelnd hinzu, bevor sie mit langen Schritten dem Ausgang des Parks zueilte.

Emma Weißer hatte große Mühe, die aufgeregten Kinder aus dem Park und ins Bett zu bekommen. Immer wieder mussten sie sich erzählen, was sie gehört hatten. Emma war etwas böse, dass sich die Kinder gegen ihr Gebot in Gefahr gebracht hatten. Da aber nichts passiert war, beruhigte sie sich auch schnell wieder.

Kim und Bit trödelten hinter den anderen her. „Ich weiß nicht", Bit klang sorgenvoll, „wie das alles ausgehen wird. Du hast doch die ganzen Geschichten von Flucht und Anwälten und so weiter gehört! Die reden sich bestimmt wieder raus. Wenn wir schriftliche Beweise hätten, wäre das etwas anderes."

Kim nickte dazu. „Ich fürchte fast, du hast Recht. Aber warte mal. Ich habe eine Idee. Meinst du, wir könnten hier irgendwo an einen Computer herankommen?"

Bit blickte ihn überrascht an. „Du meinst, wir kämen an die Daten? Das bezweifle ich! Du hast ja keine Ahnung, wie groß da die Sicherheitsvorkehrungen sind. Obwohl, vielleicht könnten wir es versuchen. Weißt du was? Wir gehen morgen zur Universität. Dort kommen wir sicher an einen leistungsstarken Computer ran. Vielleicht haben wir Glück!"

„Prima, das machen wir!" Kim war ganz begeistert. „Aber jetzt los. Die anderen sind schon am Auto. Und nichts verraten!" Schnell eilten sie zu den Wartenden, die es sich schon im Fahrzeug bequem gemacht hatten.

Ein langer, aufregender Tag ging zu Ende.

Drei Dunkelmänner in der Falle?

Als sich Präsidentin Sophie Concorde an diesem Morgen auf den Weg zum Sitzungssaal machte, war nichts mehr von der übermütigen jungen Dame zu erkennen, die vor vierundzwanzig Stunden denselben Weg zurückgelegt hatte. Mit sorgenvoller Miene schlich sie durch die Gänge. Eigentlich würde sie am liebsten nie im Saal ankommen.

Die Vorkommnisse des gestrigen Abends waren so abscheulich, dass sie über ihre Vorstellungskraft gingen. Jahrelang war sie von diesem widerwärtigen Menschen belogen und betrogen worden. Wie viel Unheil hatte er ungestraft anrichten können! Und traf sie nicht auch ein Teil der Schuld? Hätte sie nicht aufmerksamer sein können? Hätte sie nicht doch eher auf Frau Doktor Leblon hören sollen, die so oft ihre Zweifel an der Ehrlichkeit des Ministers geäußert hatte?

Sophie ließ ihre Schultern hängen, als ob die ganze Last der Welt auf ihnen läge. Warum hatte sie nur immer auf Minister Lupus gehört? Tief in ihrem Inneren lauerte die Antwort auf diese Frage: Angst! Es war nichts weiter als Angst, die sie vor dem ihm gehabt hatte.

Und auch jetzt verspürte sie dieses Kribbeln von Angst in ihrem Inneren. Was würde geschehen, wenn sie Lupus verurteilte? Hatte sie überhaupt die Kraft dazu? Sophie stellte sich vor, wie er sie mit seinen eiskalten Augen anstarren würde. Ein Schauer lief ihren Rücken hinunter.

Hatte sie denn überhaupt genügend Beweise? Vielleicht war ja wirklich alles nur ein großer Irrtum, wie Minister Lupus gestern schon behauptet hatte. Nein – das sicherlich nicht! Sie straffte ihren schlanken Körper und legte die letzten Meter in gerader Haltung zurück. SIE war die Präsidentin, und sie durfte nicht schlapp machen! Hoheitsvoll betrat sie den großen Sitzungssaal.

Doch auch heute war niemand da, der ihren Auftritt bewundern konnte. Mit einem Seufzer ließ sie sich nieder und vertiefte sich in die Akten des Sonderkommandos, die auf ihrem Platz bereitlagen. Immer wieder schüttelte sie beim Lesen den Kopf. Das Ganze war einfach unfassbar!

Als Frau Doktor Leblon den Saal betrat, war Sophie gerade auf der letzten Seite angelangt. Langsam hob sie den Kopf und blickte die Ministerin mit dunklen, traurigen Augen, die in ihrem blassen Gesicht riesengroß wirkten, an.

„Es ist unvorstellbar, was sich alles vor meinen Augen abgespielt hat. Und ich habe nichts bemerkt! Das ist das Schlimmste an der Sache. Wie können die Menschen noch Vertrauen zu mir haben, wenn ich so viel falsch mache?" Sophie war verzweifelt. Ein paar Tränen rollten ihr aus den Augen. Unauffällig versuchte sie, sich abzuwischen.

Tröstend legte ihr Frau Doktor Leblon die Hand auf die Schulter. „Minister Lupus war ganz besonders gerissen! Sie müssen einfach noch lernen, dass man den meisten Menschen nicht blind trauen kann. Und jetzt Kopf hoch! Ich höre schon diese erstaunlichen Kinder. Die Verhandlung wird gleich beginnen!"

Draußen hörte man jetzt die Stimme der Polizeiobermeisterin: „Kinder sind bei der Verhandlung nicht zugelassen!" Die Tür öffnete sich etwas, und Lumpi quetschte sich durch den Spalt. Er schnüffelte kurz, bevor er sich mit großen Sprüngen zu Frau Doktor Leblon aufmachte.

Doch auf dem blanken Parkettboden kam er ins Rutschen und sauste mit großer Geschwindigkeit durch den Saal, bis er vor den Füßen der Präsidentin liegenblieb. Dann sprang er auf, schüttelte sich und schaute sie verdutzt an. Diese brach in lautes Lachen aus, das noch lauter wurde, als sich Lumpi ganz vorsichtig auf Doktor Leblon zu bewegte. Er lief wie auf Eiern.

„Hunde haben hier erst recht nichts zu suchen! Sofort raus mit dem Untier!" Die Polizeiobermeisterin war empört.

Frau Doktor Leblon ging zum Eingang, um das Problem zu lösen. „Heute ist eine Ausnahme. Sowohl die Kinder als auch der Hund haben die persönliche Erlaubnis der Frau Präsidentin, an der Verhandlung teilzunehmen. Schließlich sind sie die Hauptpersonen!"

Dann wandte sie sich freundlich an die Kinder; „Jetzt kommt herein. Eure Plätze sind dort am Fenster. Nanu, da fehlen doch zwei?"

„Ja, wir wissen auch nicht, wo Kim und Bit sind", antwortete Emma ganz aufgeregt. „Sie sind heute Morgen schon ganz früh weg, aber niemand weiß, wohin. Hoffentlich ist ihnen nichts passiert."

„Machen Sie sich keine Sorgen! Wenn sie bis zum Ende der Verhandlung nicht aufgetaucht sind, wird meine Sondertruppe sie suchen. Aber jetzt müssen wir mit der Verhandlung beginnen. Man führe die Gefangenen vor!"

Die Kinder beeilten sich, Lumpi einzufangen und sich auf ihre Plätze zu begeben. Kaum saßen sie, wurden auch schon die Gefangenen hereingeführt. Eine Menge Uniformierter begleitete sie.

„Polizeiobermeisterin Xanthippe Zanker meldet sich zur Stelle! Die Vorführung der Gefangenen ist erfolgt!" Die bekannte schneidende Stimme hallte durch den Saal.

Als Adria diesen merkwürdigen Namen hörte, hätte sie fast wieder gekichert. Nur mühsam beherrschte sie sich. „Xanthippe Zanker – XZ" Das musste sie Kim erzählen!

Sie machte sich keine großen Sorgen um ihren Bruder, der würde schon wieder auftauchen. Und da Bit bei ihm war, bestand auch nicht die Gefahr, dass er sich in der für ihn fremden Welt nicht zurechtfinden würde.

Als die Verdächtigen vor der Präsidentin standen, erhob sich diese und blickte Lupus mutig in die Augen. „Minister Lupus! Ich bin zutiefst enttäuscht von Ihnen. Sie haben mein Vertrauen auf das Hässlichste missbraucht und sind hiermit offiziell Ihres Amtes enthoben!" Erschöpft setzte sie sich. Ein erster Anfang war gemacht!

Aber sie hatte nicht mit der Widerstandsfähigkeit des Ministers gerechnet. Drohend sah er sie an. „Sie urteilen zu schnell! Das Ganze ist nichts anderes als eine hinterlistige Verschwörung! Meine Freunde hier werden das bestätigen. Sie werden sehen, Sie machen sich vor der ganzen Welt zum Narren, wenn Sie auf die Einflüsterungen von Frau Doktor Leblon hören! Fragen Sie nur diese beiden Herren hier!"

Die Präsidentin wurde schon leicht unsicher. Konnte denn alles nur ein Irrtum sein? Etwas hilflos sah sie sich im Saal um. Emma, Jenny, Sally und Adria blitzten sie empört an, dass ihre Zweifel wieder schwanden. „Ich höre!" wandte sie sich kühl an Schweizer.

Dieser verbeugte sich formvollendet, bevor er mit öliger Stimme antwortete: „Madame, es ist mir äußerst unangenehm, in dieser misslichen Lage vor Ihnen zu erscheinen. Dabei bewundere ich Sie schon lange, und ich hätte Sie lieber unter anderen Umständen getroffen. Doch das ist ja nun nicht mehr zu ändern. Ich wäre entzückt, wenn Sie meinen Worten Glauben schenken könnten.

Es ist absolut richtig, was mein Freund, der Minister sagt: Wir sind völlig unschuldig! Niemals haben wir uns irgendetwas zu Schulden kommen lassen. Nie haben wir gemeinsame Geschäfte gemacht. Wir sind nur gute Freunde!"

Bei dieser Unverfrorenheit hielt es Jenny nicht mehr auf ihrem Platz. „Wie kann er nur so lügen? Wir haben doch alles gehört! ALLES, sogar den widerlichen Mordauftrag!" Ihre Backen glühten vor Aufregung.

„Ich sage es ja, Kinder bei der Verhandlung! Soll ich sie entfernen?", warf Minister Lupus mit spöttischer Stimme ein.

„Das ist schon in Ordnung." Die Präsidentin winkte ab. Heimlich war sie froh über diese Unterbrechung. Auf diese Weise hatte sie etwas Zeit für ihre Überlegungen gewonnen. Was hatte sie denn nun wirklich in der Hand gegen die drei? Nur ein erlauschtes Gespräch, wofür es allerdings genügend Zeugen gab. Aber reichte das aus? Ihr Blick fiel auf Kraut, der die ganze Zeit stumm geblieben war. Er sah ziemlich mitgenommen aus. „Und was haben Sie dazu zu sagen?"

Kraut zuckte zusammen und fing an zu stottern. „Madame, also ... ich ..." Er zuckte hilflos mit den Schultern. Sally beobachtete, wie er von Schweizer einen Rippenstoß bekam und dann mit fester Stimme weitersprach. „Ich stimme mit meinen Freunden völlig überein. Wir sind absolut unschuldig!" Kleine Schweißperlen hatten sich auf seiner Stirn gebildet. Er fühlte sich erkennbar unwohl.

Schweizer verlor nun langsam die Geduld. „Ich möchte jetzt augenblicklich meinen Anwalt sprechen! Sie beschuldigen uns hier schwerster Verbrechen und haben nichts in der Hand als ein paar Gesprächsfetzen. Wie wollen Sie das rechtfertigen? Ich stehe gerne zur Verfügung, wenn Sie Nachforschungen anstellen möchten. Sie glauben aber doch nicht, dass ich wegen einer solchen Lächerlichkeit meine Tage in Untersuchungshaft verbringen werde? Sie haben überhaupt kein Recht, uns hier festzuhalten!"

Ehe die Präsidentin noch antworten konnte, ließ sich der ehemalige Minister Lupus vernehmen. „Ich habe einen Vorschlag zu machen. Wie wäre es, wenn Sie einen Untersuchungsausschuss einsetzen würden? Stellen Sie uns vor ein internationales Gericht. Dort können Sie uns vor aller Welt anklagen. Aber so lange müssen Sie uns auf freien Fuß setzen. Das Recht steht uns zu. Eine Bedingung habe ich allerdings zu stellen: Frau Doktor Leblon sitzt nicht in dem Untersuchungsausschuss. Sie ist voreingenommen!"

Schweizers Gesicht hellte sich auf. „Das ist eine gute Idee. Wie wäre es mit Signore Felice als Ausschussvorsitzenden? Soviel ich weiß, gilt er als der korrekteste und ehrlichste Politiker der ganzen Welt!"

Die Präsidentin stand vor einer Aufgabe, die sie sich nicht zu meistern traute. Wer hatte Recht? Was sollte sie tun? War der Vorschlag von Schweizer nicht eine Lösung all dieser Probleme? Und Signore Felice, der italienische Umweltminister, war wirklich ein wunderbarer Mensch. Er würde den Ausschuss vorbildlich leiten, und sie wäre alle Verantwortung los!

Sie sah Frau Doktor Leblon fragend an. „Wären Sie mit einem Untersuchungsausschuss unter der Leitung von Signore Felice einverstanden?"

Frau Doktor Leblon zögerte kurz. Am liebsten hätte sie Lupus sofort verurteilt gesehen. Aber das wäre vielleicht doch etwas zu überstürzt gewesen. Die Beweiskette war nicht überzeugend genug. Es wäre sicherlich besser, alle Anschuldigungen Punkt für Punkt zu beweisen. Ein Ausschuss hätte die idealen Voraussetzungen dafür. Und Signore Felice war wirklich ein anerkannter, ehrlicher Mann, auch wenn sie ihn persönlich nicht mochte. Also nickte sie bestätigend.

„Wenn Sie glaubhaft versichern können, dass Sie die Stadt nicht ohne meine Erlaubnis verlassen werden, bin ich mit der Bildung eines Untersuchungsausschusses einverstanden. Sie können dann nach Hause gehen. Ihr Ministeramt, Herr Lupus, müssen Sie aber während der Dauer der Untersuchung an Ihren Stellvertreter übergeben!" Die Präsidentin atmete tief auf. Für heute war das Ganze jedenfalls vorbei. Sie fühlte sich völlig ausgelaugt.

Emma, Sally, Jenny und Adria waren völlig geschockt vom Ausgang der Dinge. Das durfte doch nicht wahr sein. Die Schurken wurden einfach laufen gelassen!

Sie konnten nicht mitansehen, wie Schweizer mit triumphierender Stimme zu seinen Freunden sagte: „Was hab ich gesagt? Schon sind wir frei!"

Während Schweizer und Lupus sich selbstbewusst zum Ausgang aufmachten, schien Kraut sein Glück noch nicht begriffen zu haben. Wie aus einem Traum erwachend blickte er sich um. Und als er seine Freunde schon fast an der Tür sah, folgte er ihnen wie eine Marionette.

Adria hätte am liebsten einen Schreikrampf bekommen. Wie blöd war die Präsidentin eigentlich? In allerkürzester Zeit wären die Ganoven verschwunden und würden anderswo ihr Unwesen treiben.

Bevor Lupus an der Türe ankam, drehte er sich noch einmal zu Frau Doktor Leblon um. „Pech gehabt, meine liebe Freundin. Wir sprechen uns aber noch! So leicht verzeihe ich Ihnen das nicht!"

Doch noch bevor Frau Doktor Leblon ihre Niederlage eingestehen musste, wurde die Türe aufgerissen, und herein stürzten Kim und Bit, wobei sie die drei, die im Begriff waren hinauszugehen, umrannten.

Mit einem Blick erkannte Kim die Lage. „Halt! Halt! Lassen Sie sie nicht gehen! Wir haben alles schriftlich!"

Totenstille breitete sich in dem Raum aus. Dann hörte man die Schritte der Polizeiobermeisterin, die vorsichtshalber den Eingang verstellte.

Ende gut – alles schlecht?

Kim und Bit standen atemlos, mit roten Backen und vor Aufregung blitzenden Augen vor den drei Angeklagten, die langsam begannen, sich von ihrer Verblüffung zu erholen. Der Blick des ehemaligen Ministers fiel auf Bits Hand, in der er einen dicken Stapel Computerausdrucke hielt.

Der Ex-Minister erbleichte. Ruckartig drehte er sich um und versuchte, blitzartig den Ausgang zu erreichen. Doch dieser war zuverlässig von der Polizeiobermeisterin Zanker versperrt, die ihm die Mündung ihrer Waffe entgegenstreckte. Sie ließ sich ihre Opfer nur ungern wieder wegnehmen und hoffte auf eine erneute Verhaftung. Kaltblütig entsicherte sie ihre Waffe.

Jetzt hatte sich auch Frau Doktor Leblon von ihrer Überraschung erholt. „Sichern Sie bitte die Ausgänge!", wandte sie sich an die Sondertruppe. „Herr Lupus, würden Sie wohl so freundlich sein, zusammen mit Ihren sogenannten Freunden noch einmal zu uns zu kommen?"

Als die drei Angeklagten nicht gehorchen wollten, bekamen sie mit der Waffe der Polizeiobermeisterin einen aufmunternden Stups, sodass sie sich schließlich doch auf den Weg zur Präsidentin machten.

Diese wusste überhaupt nicht, was sie von all dem halten sollte. Würde sie jetzt doch noch Lupus verhaften lassen müssen? Sie war froh, dass Frau Doktor Leblon jetzt alles in die Hand nahm, welche sich an Kim und Bit wandte, die inzwischen auch herangekommen waren. Ihren Freunden und Geschwistern hatten sie nur kurz und beruhigend zugelächelt.

Aufatmend hatte Emma zurückgelächelt – zufrieden und erleichtert, dass den Kindern nichts passiert war. Fast hatte sie vergessen, warum sie eigentlich hier war. Dabei sollte es jetzt erst richtig spannend werden.

„Nun erzählt, was ihr herausgefunden habt! Wir sind für jede Hilfe dankbar, aber alles muss Hand und Fuß haben, also keine Vermutungen oder Fantasien!" Frau Doktor Leblon sah sehr ernst aus. Sie hoffte sehr, dass es ein paar Beweise geben würde, denn ihr war vollkommen klar, dass Lupus, erst einmal auf freiem Fuß, sofort untertauchen würde.

Bit hingegen strahlte nur so vor Begeisterung. „Kim hat einen Computer befragt, und jetzt haben wir alles schwarz auf weiß. Alle Geschäfte seit 2014. Das war ganz schön schwierig, doch Kim ist einfach ein Genie!"

„Aber nein!", entgegnete Kim verlegen. „Für mich war es ein Kinderspiel. Die Datensicherungen sind einfach lächerlich. Die gesamte Computertechnik ist gegen unsere noch sehr unterentwickelt. In Delta-City ist es absolut unmöglich, an geschützte Daten heranzukommen, aber hier war das sehr leicht!"

„Kinderleicht?!?!" Schweizer platzte fast vor Wut. Sein ausgeklügeltes Sicherheitssystem sollte von zwei Kindern geknackt worden sein? Das konnte und wollte er nicht glauben. „Sind Sie sicher, liebe Frau Doktor Leblon, dass es sich nicht um Fälschungen handelt? Computerausdrucke kann man sehr leicht manipulieren. Passen Sie auf, dass Sie sich nicht noch eine Anklage wegen Verleumdung und betrügerischer Fälschung einhandeln. Ich werde auf jeden Fall meine Rechtsanwälte verständigen. Es ist Freiheitsberaubung, wenn Sie hier Unschuldige einfach festhalten. Ich lasse mir das jetzt nicht mehr länger gefallen! Seien Sie vorsichtig, sonst können Sie demnächst abtreten!"

„Lassen Sie das meine Sorge sein. Das Risiko gehe ich ein! Sie glauben doch nicht, dass Sie mich hier einschüchtern können? Also, erzählt weiter!" Frau Doktor Leblon lächelte den beiden Detektiven aufmunternd zu.

„Hier können Sie alles nachlesen", Bit reichte der Ministerin die Ausdrucke. „Wir haben zuerst die Verbindung zum CBTG-Computer hergestellt. Das habe ich ohne Weiteres geschafft. Dann haben wir versucht, die Zahlung der Million an Lupus zu finden, aber sie tauchte nirgends auf. Ich wollte schon aufgeben, doch Kim gelang es, in eine gesperrte Datei zu kommen. Sie läuft sinnigerweise unter dem Namen ‚Umweltschutz'. Wie Sie sehen, sind dort sämtliche illegalen Giftmüllverstecke aufgeführt und die Beträge, die dafür bezahlt wurden. In Zeile neunundvierzig haben wir dann die Rheinverseuchung und die Million an Lupus."

Schweizer sah eine Chance, sich reinzuwaschen. „Und was habe ich mit alldem zu tun? Ich wusste überhaupt nicht, dass meine beiden Freunde solche Gemeinheiten begehen! Ich finde das entsetzlich! Ab sofort sage ich mich von ihnen los! Mit solchem Pack will ich nichts zu tun haben. Ich hoffe, Sie fällen ein strenges Urteil. Gut, dass alles herausgekommen ist! Wenn ich mich dann verabschieden darf?" Er verbeugte sich kurz und wollte zur Tür.

Lupus und Kraut starrten ihn entsetzt an. So eine Frechheit konnten sie nicht fassen. Kraut war richtig grau im Gesicht, wogegen der Ex-Minister fast grünlich wirkte. Diesem Mann hatten sie vertraut, und er ließ sie einfach fallen wie eine heiße Kartoffel. Diese Angelegenheit war unglaublich!

Bit und Kim begannen zu lachen. „Nicht so schnell! Wir sind noch lange nicht fertig. Sie kommen auch noch dran." Und ehe er sich versah, wurde er von Polizeiobermeisterin Zanker wieder an seinen Platz gestellt.

Jetzt erst sah Kim die Polizistin genauer an. Er stutzte kurz, dann drehte er sich zu seiner Schwester um und grinste ihr zu. Wenn sie zuhause erzählten, dass XZ Vorfahren hatte, die schon vor mehr als fünfhundert Jahren bei der Polizei waren, würde es ein großes Gelächter geben.

Schweizer sah immer noch nicht ein, dass er verloren hatte. „Können wir jetzt nicht mit diesen Kindereien aufhören? Ich habe mir absolut nichts zu Schulden kommen lassen!"

„Wirklich nicht?" Kims Stimme klang sehr ironisch. „Dann hören Sie mal gut zu! Den Weg der Million zu verfolgen war nicht sehr schwer. Wir kamen in den Computer von Lupus' Bank. Er hat mindestens acht verschiedene Konten laufen. Außer seinem Gehaltskonto gibt es zu allen führenden Industrieunternehmen Europas Verbindungen. Sie sind alle auf der Liste aufgeführt. Uns hat allerdings nur der Zusammenhang mit diesem

Schweizer interessiert. Unter dem Namen ,Spielzeug' haben wir das richtige Konto gefunden. Es sind in den letzten Jahren einige Millionen hin und her gegangen. Schweizer scheint mit Lupus' Hilfe fast die ganze Welt mit Waffen versorgt zu haben. Vor allem Länder, an die es verboten ist, Waffen zu verkaufen."

„Phh, wer sagt, dass das mein Konto ist?" Schweizer gab die Hoffnung immer noch nicht auf. Doch bevor er ein weiteres Mal seine Unschuld beteuern konnte, geschah etwas, was keiner erwartet hätte, am allerwenigsten die Übeltäter.

Plötzlich stürzte Kraut vor und warf sich der Präsidentin zu Füßen. Er schien kurz vor einem Nervenzusammenbruch, und seine Worte kamen nur stoßweise. „Verzeihen Sie mir, Frau Präsidentin! Ich gestehe ALLES. Ja, wir haben uns schuldig gemacht und unrechte Geschäfte getätigt. Es tut mir so leid. Bitte seien Sie nicht zu hart mit mir, ich bereue alles. Aber Lupus hat mich immer wieder mit neuen Angeboten gelockt, und wenn ich nicht wollte, hat er mich erpresst. Ich weiß, dass es falsch war, auf ihn zu hören!"

Schweizers fettes Gesicht wurde purpurrot. „Dieser Vollidiot!", schrie er unbeherrscht. „Musste er jetzt alles verraten? Ich hätte uns hier schon noch rausgebracht! Das hat man davon, wenn man jämmerlichen Waschlappen eine Chance gibt. Jetzt steht er da und winselt um sein Leben. Widerlich!" Schweizer konnte sich überhaupt nicht beruhigen.

Frau Doktor Leblon atmete sichtlich erleichtert auf. „Nachdem nun die Beweise vorliegen, und wir sogar einen Kronzeugen haben, steht ja einer Verurteilung nichts mehr im Wege. Wir sollten diese traurige Geschichte schnell abschließen, damit wir uns den ernsten Problemen der Kinder widmen können. Frau Präsidentin, wollen Sie das Urteil fällen, oder soll sich der oberste Senat damit befassen?"

Die Präsidentin war blass geworden. Sie hasste es, Urteile zu fällen, und hatte das bislang immer vermieden. Doch das war jetzt etwas anderes. Lupus hatte sie jahrelang belogen und betrogen. Gemeinsam mit den beiden anderen hatte er aus reiner Geldgier die ganze Welt aufs Spiel gesetzt. Sie hatte zwar wahnsinnige Angst vor ihrem Ex-Minister, aber sie wusste, dass sie ein sehr hartes Urteil fällen musste, das eine deutlich abschreckende Wirkung auf andere Umwelttäter haben würde.

Gefasst erhob sie sich und blickte den drei Angeklagten tapfer in die Augen. „Ich trage die Verantwortung für das Wohl vieler Millionen Menschen, und ich muss verhindern, dass es noch weitere Fälle von Umwelt- und Wirtschaftskriminalität gibt. Deshalb werde ich das Urteil selbst fällen. Bekennen Sie sich schuldig, meine Herren?"

Während Lupus und Schweizer ein trotziges „Nein" ausstießen, antwortete Kraut mit einem leisen „Ja". Die Präsidentin musterte ihn nachdenklich, bevor sie fortfuhr: „Dann verkünde ich das Urteil:

I. Alle Vermögen der Übeltäter werden eingezogen und zur Wiedergutmachung von Umweltschäden eingesetzt!

II. Herr Kraut hat Reue gezeigt, deshalb wird seine Strafe etwas milder ausfallen. Er wird dem Aufräumkommando des englischen Reaktorunfalls zugeteilt. Dort werden dringend Freiwillige gebraucht!"

„Aber das ist mein sicherer Tod!" Kraut war völlig verzweifelt. Auch die Antwort der Präsidentin, dann habe er wenigstens einmal in seinem Leben etwas Sinnvolles und Uneigennütziges getan, konnte ihn nicht trösten. Mutlos sank er in sich zusammen.

Für die Präsidentin kam jetzt der kritische Moment. Frau Doktor Leblon spürte das und nickte ihr aufmunternd zu. Dankbar sprach sie weiter:

III. „Herr Siegfried Lupus und Herr Kurt Schweizer werden zu lebenslanger Haft mit anschließender Sicherheitsverwahrung verurteilt. Das Urteil ist sofort rechtskräftig und kann nicht mehr angefochten werden, damit sie nicht doch noch eine Möglichkeit finden, den Maschen des Gesetzes zu entschlüpfen und ihre schmutzigen Geschäfte woanders wieder aufnehmen können!"

Erschöpft ließ sie sich wieder in ihren Sitz gleiten und wischte sich müde über die Stirn. Gott sei Dank, das hatte sie hinter sich gebracht. Frau Doktor Leblon war beeindruckt von der Härte der jungen Präsidentin. Das hätte sie ihr so nicht zugetraut!

Lupus' und Schweizers Gesichter waren wie in Stein gemeißelt. Es sah aus, als wäre jeder Funke Leben in ihnen erloschen. Das war ein Ende, das sie sich in ihren schlimmsten Träumen niemals hätten ausmalen können.

Die Kinder waren begeistert. Dieses Urteil brachte sie sicher ihrem Ziel viel näher. Und auch Emma fühlte sich befriedigt und konnte im Augenblick keine Sympathie mit den Verurteilten empfinden.

Frau Doktor Leblon bemerkte die Unruhe der Kinder, die sich gerne ausführlich über alles unterhalten hätten, was sie aber an diesem Ort natürlich nicht wagten.

Freundlich lächelnd wandte sie sich an Kim, der immer noch in ihrer Nähe stand. „Wir müssen jetzt das Urteil schriftlich festhalten. Das ist für euch bestimmt uninteressant. Ihr könnt gerne vor der Tür warten, bis wir fertig sind. Dann werden wir endlich Zeit füreinander finden."

Begeistert stimmten die Kinder zu, und im Nu waren sie draußen, wo sofort ein eifriges Erzählen begann. Jeder hatte etwas anderes beizutragen, sodass bald ein wildes Sprachgewirr herrschte und keiner den anderen verstand.

Nach einer Weile zog Bit Kim ein wenig zur Seite. „Seit heute Morgen schleppst du dauernd den kleinen Koffer mit dir herum. Was ist denn da so Wichtiges drin? Die Zeitmaschine?"

Kim nickte bestätigend. „Ich dachte, wir würden sie vielleicht brauchen. Wenn wir hier alles erledigt haben, können wir gleich zurückkehren. Ich denke, dass sich unsere Eltern schreckliche Sorgen machen. Schließlich haben sie keine Ahnung, ob die Zeitmaschine wirklich perfekt funktioniert. Und falls Onkel Daniel es nicht geschafft hat, sie zu informieren, dann wissen sie überhaupt nicht, wo wir stecken. Du kannst dir sicher denken, was dann bei uns zuhause los ist!"

„Klar, meine Eltern würden völlig hohl drehen. Trotzdem, ich bin ganz traurig, wenn ich daran denke, dass ihr gleich wieder aus unserem Leben verschwinden werdet. Wir haben uns so gut verstanden, und deine Computertricks würde ich sehr gerne noch erlernen. Könnt ihr nicht doch noch ein bisschen hierbleiben?" Bit klang sehr niedergeschlagen.

„Weißt du, ich würde ja auch gerne hierbleiben. Wer weiß, ob es bei uns zuhause wirklich besser geworden ist. Das interessiert mich natürlich brennend. Aber falls nicht, dann wäre ich viel lieber hier. Das Leben ist einfach wundervoll bei euch. Auf jeden Fall werde ich euch schrecklich vermissen, und ich denke, Adria geht es genauso. Trotzdem, wir können unsere Eltern nicht im Stich lassen. Ich hoffe, du verstehst mich!"

„Natürlich, du hast ja Recht. Zeigst du mir, wie die Zeitmaschine funktioniert? Ich würde dieses unglaubliche Gerät wirklich gerne verstehen. Vielleicht kann ich später einmal selbst eine bauen, dann könnten wir uns gegenseitig besuchen!" Bit hatte sich regelrecht in Begeisterung geredet.

Kim lächelte und schüttelte dabei den Kopf. „Natürlich kann ich dir die Zeitmaschine zeigen, aber ich habe selbst keine Ahnung, welches Geheimnis in ihr steckt. Ich fürchte, wir sind zu dumm dazu, so etwas Kompliziertes zu begreifen. Aber ich werde Onkel Daniel fragen, ob er für euch eine bauen kann. Das wäre super. Falls es nicht geht, werde ich auf jeden Fall versuchen wiederzukommen, denn ich bin sicher, dass ihr erfahren wollt, ob alles geklappt hat."

„Großartig!", freute sich Bit, „Und kommt so schnell wie möglich. Bitte! Aber jetzt zeig mir erst mal das Wunderwerk!"

Kim sah sich kurz um, dann zog er Bit in einen kleinen Gang, an dessen Ende sich eine Tür mit der Aufschrift „NOTAUSGANG" befand. „Hier kann uns keiner stören. Von außen kann keiner hierein, und ein Notfall wird ja nicht gerade jetzt eintreten!" Doch Kim sollte sich irren.

Während Bit es kaum noch erwarten konnte, die Zeitmaschine in Augenschein zu nehmen, öffnete Kim den Koffer und entnahm seinen Inhalt. Bit riss vor Verblüffung die Augen weit auf. Vor ihm befanden sich nur eine Menge Kabel, zwei kleine silberne Kästchen, eines mit Zahlen und das andere mit einem roten Knopf versehen. Außerdem hing irgendwo an einem Kabel noch eine seltsam geformte Kapsel von undefinierbarer Farbe. Kim zog eine Matte und silberne Röhren, die einem Zeltgestänge ähnelten, hervor. Das sollte eine Zeitmaschine sein????? Bit wollte das nicht glauben.

„Willst du mich verulken?", fragte Bit unwillig. „Das ist im Leben keine Zeitmaschine. Wer weiß, vielleicht ist eure Geschichte nur ein großes Hirngespinst. Wollt ihr in alle Zeitungen und Medien kommen und zeigen, wie man eine Präsidentin reinlegen kann?" Bit blickte Kim abschätzend an. War er auf einen großen Trick reingefallen? Das wäre dann allerdings sehr traurig.

Kim war ziemlich enttäuscht über den Unglauben und das Misstrauen seines neuen Freundes, aber er ließ sich zunächst nichts anmerken. „Komm, sei nicht blöd. Wir haben euch nicht angelogen. Ich versuche jetzt, dir die Maschine zu erklären. Man muss diese Stangen mit der Matte verbinden und die Kabel darüberlegen. Das hier", Kim zeigte auf eines der silbernen Kästchen, „ist die Zeituhr. Ich muss zuerst auf Null gehen … so, und jetzt geht es hoch auf 2525."

Während Kim sprach, hatte er alles so hergerichtet, wie er es erklärt hatte. Jetzt setzte er das Kästchen mit dem roten Punkt vorne an eine der Stangen. „Wir müssen dann nur noch auf der Matte stehen und den roten Knopf drücken, dann geht es los. Ach nein, zuerst muss noch die Energie in diese Kapsel." Kim steckte ein dünnes Röhrchen hinein und befestigte sie hinten an der Stange. „So. Fertig! Jetzt könnte es losgehen. Doch wir sollten lieber wieder alles einpacken. Schließlich wollen wir noch einmal mit der Präsidentin sprechen!"

„Nein, warte kurz. Ich will mir das alles nochmal genau anschauen." Bit ging um die Maschine herum und betrachtete sie aufmerksam von allen Seiten. Er verspürte den unwiderstehlichen Drang, sich einfach auf die Matte zu stellen und den roten Knopf zu drücken. Was dann wohl passieren würde??? Ob er …

Bit kam nicht dazu, den Gedanken zu Ende zu denken. Plötzlich waren Schritte zu hören und laute Rufe, die immer näher kamen. Und dann war auch das atemlose Schnaufen von zwei Männern zu hören.

Kim und Bit blickten in die Richtung, aus der die Geräusche kamen und fanden sich unvermittelt Aug' in Aug' mit Lupus und Schweizer, Letzterer heftig nach Luft schnappend. Beide verharrten in ihren Bewegungen, als wären sie zu Stein erstarrt.

Der Ex-Minister fing sich zuerst. Mit scharfem Blick ließ er seine Augen über das aufgebaute Szenarium wandern, und es blitzte sofortiges Verstehen darin auf. Von Weitem war jetzt das Getrampel von vielen Füßen zu hören. Die schrille Stimme der Polizeiobermeisterin gellte durch die Gänge. „Haltet sie! Sie sind ausgebrochen! Los, schneller! Sie wollen zum Notausgang!"

Schon bog Frau Zanker um die Ecke, gefolgt von ihren Leuten. Emma rannte mit den Kindern hinterher. Auch die Präsidentin und Frau Doktor Leblon eilten herbei.

„Habe ich Sie doch noch erwischt!" Die Urahnin von XZ tobte vor Wut. „Sie sind die ersten Gefangenen, die es wagen, sich meiner Aufsicht zu entziehen! Das wird Folgen für Sie haben, verlassen Sie sich drauf! Xanthippe Zanker hat noch keiner besiegt!"

Sie machte einen Schritt auf Schweizer zu, um ihm jetzt Handschellen anzulegen, damit ein weiterer Ausbruch verhindert werden würde. Doch was dann geschah, ließ allen das Blut in den Adern gefrieren.

Lupus gab Schweizer einen Stoß, sodass dieser auf die Matte stolperte. Dann sprang der Ex-Minister hinterher und …

… drückte auf den roten Knopf!!!

Kim wollte noch „HALT" schreien, aber da ertönte schon das ohrenbetäubende Surren der Zeitmaschine, das sich höher und höher schraubte. Und dann war es still. Totenstill!!!

Die beiden Verbrecher waren fort, und mit ihnen die Zeitmaschine!

Kim kam langsam wieder zu sich. „Glaubst du mir jetzt?", fragte er Bit mit seltsam rauer Stimme, aber dieser konnte nur nicken. Wie auch allen anderen steckte ihm der Schreck tief in den Gliedern.

Die Präsidentin konnte plötzlich nicht mehr an sich halten. Sie brach in unbändiges Gelächter aus. „Nun hat es dieser alte Halunke doch noch geschafft, unserer Gerichtsbarkeit zu entkommen. Sogar unserer Superagentin ist er entwischt. Es ist einfach unglaublich!" Sie wurde von einem neuen Lachanfall überwältigt, und nach und nach fielen die anderen in dieses Lachen mit ein. Das Ganze war aber auch wirklich ein Witz!

Das anfänglich leicht hysterische Lachen wurde langsam befreiender, und alle lachten sich die Probleme und Sorgen der letzten Tage vom Herzen. Sogar die Polizeiobermeisterin versuchte ein Lächeln, was bei ihr aber leicht verzerrt wirkte. Wahrscheinlich hatte sie in ihrem ganzen Leben noch nie gelacht. So nach und nach flauten dann die Lachsalven ab, und es wurde wieder ganz still. Zu still!

In diese Stille hinein vernahm man plötzlich ganz leise und dünn Adrias Stimme. „Und wie kommen WIR jetzt wieder nach Hause?"

Ratlos blickten sich alle an. Erst jetzt wurden ihnen die Folgen der Flucht richtig bewusst. Wie wollten Kim und Adria wieder in das Jahr 2525 gelangen? Das war ein Ding der Unmöglichkeit!

Kim blickte seine Schwester an. Aus Adrias Augen tropften lautlos dicke Tränen. Tröstend legte Kim seinen Arm um sie. „Ich glaube, wir werden hier nur etwas längere Ferien machen müssen. Du weißt, in Delta-City bleibt nichts verborgen. XZ wird die beiden Unbekannten schnell aufspüren und herausfinden, woher sie kommen. Onkel Daniel wird davon erfahren. Sicher kommt er dann sofort, um uns zu holen."

Adria blickte ihn dankbar an, und Kim fuhr fort, sie aufzuheitern. „Stell' dir Fräulein Magnolias dummes Gesicht vor, falls sie mitten in unserem Wohnzimmer landen sollten. Ich weiß ja nicht, ob die Rückkehr immer an denselben Ort geht. Oder denke daran, wie XZ den beiden zusetzen wird! Sie wird ihnen kein Wort glauben!"

Adrias Tränen waren schon wieder getrocknet. Sie lächelte sogar leicht. Außerdem fand sie die Aussicht, noch ein paar

Tage hier in dieser für sie so wunderbaren Welt mit ihren neuen Freunden zu verbringen, gar nicht so unangenehm. Doch dann kam ihr ein plötzlicher Gedanke. „Wir sollten aber wieder in die Nähe des Waldes zurückkehren, in dem wir gelandet sind, sonst kann uns Onkel Daniel ja gar nicht finden!"

„Ihr könnt gerne so lange bei mir wohnen", wandte sich Emma Weißer an die beiden Unglücksraben, „ich habe mich schon so an euch gewöhnt, dass ich euch vermissen würde. Und Lumpi wäre auch traurig!" Wie zur Bestätigung klopfte der Hund mit dem Schwanz auf den Boden.

Adria und Kim fielen dankbar abwechselnd Emma und Lumpi um den Hals. Emma war gerührt, aber Lumpi war nicht sehr für solche Art Zärtlichkeiten. Er entwand sich den Armen und beschränkte sich darauf, alle bellend zu umspringen.

„Ich werde euch aus dem Vermögen von Lupus die nötigen Geldmittel zukommen lassen", mischte sich jetzt die Präsidentin ein. „Ihr habt uns so sehr geholfen. Ohne euch würden diese Verbrecher immer noch ihr Unwesen treiben, und Frau Doktor Leblon wäre wahrscheinlich schon tot. Wir sind so froh, dass ihr gekommen seid und sind euch mehr als nur dankbar. Wer weiß, was diese drei in den nächsten Jahren noch alles angezettelt hätten."

„Ich glaube, jetzt haben wir alle etwas Entspannung verdient." Frau Doktor Leblon hatte sich nun wieder völlig beruhigt. „Die letzten Tage waren anstrengend, ja und sie sollten uns für immer eine Lehre sein. Ihr seid ja jetzt noch eine Weile bei uns. Auf diese Weise könnt ihr selbst beobachten, wie sich hier alles weiterentwickelt. Nun kommt mit, wir wollen ein festliches Essen zu uns nehmen und dabei das gute Ende feiern!"

Freudig griffen alle den Vorschlag auf und folgten Frau Doktor Leblon. Auf ihrem Weg zum Speisesaal der Präsidentin begegnete ihnen Kraut, der von der Polizeiobermeisterin Zanker sehr energisch abgeführt wurde.

Kim und Adria blickten ihr tief in die Augen und grinsten sie frech an. Das war ihr persönlicher Triumph über XZ.

Die Autorin

Die 1949 in Krefeld geborene Ulrike von Stryk entdeckte bereits früh ihre Berufung. Nach dem Abitur entschied sie sich für ein Pädagogikstudium und ist seit 40 Jahren begeisterte Lehrerin. Sie ist verheiratet, hat eine Tochter und wohnt im schönen Esslingen, im Süden Deutschlands.

Seit 35 Jahren verfasst Ulrike von Stryk Theaterstücke für ihre Schauspielgruppe.

„The year 2525 – Zurück aus der Zukunft" ist das erste Werk, das die Autorin auch einem breiteren Publikum zugänglich macht.

Neben ihrer ausgeprägten Liebe zu Schauspiel und Literatur liest und kocht sie leidenschaftlich gerne – und am liebsten ist Ulrike von Stryk auf Reisen.